乳野物語

元三大師の母

谷崎潤一郎

原文整理・深井大輔
写真撮影・吉田亮太
制作協力・小倉　泉

目次

乳野物語 元三大師の母 1
注釈 96
解説
①谷崎潤一郎と『乳野物語』 112
②曼殊院と山口光圓 128
③師・山口光圓――毎日が授業 淺田正博 138
④尊勝院――元三大師十八か所霊場・第五番 162
⑤追記――清原恵光師に聞く 170
編集後記 176

修学院離宮正門

鷺森神社境内　鷺森神社から宮川に架かる御幸橋《みゆきばし》を渡って曼殊院へ。この橋、かつては音羽川に架かっていた。

叡山電車（叡山電鉄）一乗寺駅

音羽川中流域　この川に沿って登る道が雲母道である。

その一

洛北一乗寺《らくほくいちじょうじ》にある曼殊院《まんしゅいん》*の門跡《もんぜき》で、天台宗*の碩学《せきがく》と云われる山口光圓《やまぐちこうえん》*師に、私を始めて紹介してくれたのは今春聴《こんしゅんちょう》*であった。尤《もっと》も春聴が紹介した時分にはまだ光圓師は門跡にはなっていなかった。当時は江州《ごうしゅう》坂本の薬樹院《やくじゅいん》*と云う寺に住み、比叡山専修学院の教師をしていたのであるが、その翌年、と云うのは昭和二十二年の五月に、曼殊院の門跡になったのであった。晋山式《しんざんしき》の当日には私も招きを受けたので、折柄《おりから》の雨を冒《おか》して出かけて行ったことを覚えているが、寺のある所は、委《くわ》しく云えば京都市左京区一乗寺竹内町《いちじょうじたけのうちちょう》と云う所で、市内には違いないけれども、事実は比叡山の山麓の、修学院離宮《しゅがくいんりきゅう》*や林丘寺《りんきゅうじ》*などとほぼ同じ並びの斜面にあって、市街からは大分遠い。私は勝手が分らないので、叡山電車の一乗寺で下車したが、もう一つ先の修学院で下りて鷺《さぎ》ノ森神社の境内を抜けるのが一番近道であることを後に知った。しかしそれでも十五六丁はあり、鷺ノ森神社からは自動車の通わない坂道で、だんだん急勾配になり、私などにはちょっとした難路である。曼殊院は天台宗に取っては極めて由緒の深い寺で、殆《ほとん》ど延暦寺と歴史を等しくするくらい

曼殊院、紅葉の山門。正式名は勅使門。十五檀の石段の上に立つ。明暦二年（1656）頃の造営。

に伝統が古く、文明《ぶんめい》年中慈運法親《じうんほっしん》王《のう》*が入寺されてからは永く門跡に列せられているのであるが、今の地域に移ったのは、中興の祖と云われる良尚《りょうしょう》法親王*の時で、明《めい》暦《れき》二、丙申《ひのえさる》の年である。現今堂塔は可なり荒廃しているけれども、猶且《なおかつ》表門、唐門《からもん》、茅門《かやもん》、仏殿《ぶつでん》、大小書院《しょいん》、御座間《ござのま》、持仏堂《じぶつどう》、護摩堂《ごまどう》、法華亭《ほっけてい》、宝蔵《ほうぞう》、経蔵《きょうぞう》、弁天堂、天満堂、茶所《ちゃじょ》等々があって、徳川末期に寺領七百二十七石、寺域三千八百四十坪を擁していた昔日《せきじつ》の面影を偲ぶに足り、有名な絹本《けんぽん》着色黄不動《ちゃくしょくきふどう》*や、雪舟雪村《せっしゅうせっそん》等の古画、後醍醐《ごだいご》、光厳《こうごん》、後花園《ごはなぞの》、後陽成《ごようぜい》諸帝の宸翰《しんかん》、後土御門《ごつちみかど》、後柏原《ごかしわばら》両帝の御歌《ぎょか》巻物、同源氏物語、色紙《しきし》墨書《ぼくしょ》古今集《こきんしゅう》等々国宝級の美術品や古文書類も頗《すこぶ》る多い。私は晋山式が済んだあとで、門跡格の高僧たちや府の役人たちと共に夕陽《ゆうひ》の間《ま》と云う座敷に請《しょう》ぜられ、小堀遠州《こぼりえんしゅう》*作と称する庭園（明暦二年の建立とすると小堀遠州では年代が合わない）の雨に濡れた新緑を眺めながら、精進料理の饗応《きょうおう》にあずかったのであるが、新門跡《しんもんぜき》の正装を着け、秘書の役僧《やくそう》*を従えて挨拶に出て来た光圓師の門主《もんす》ぶりは、さすが板についていて立派であった。

その時の師の話に、何しろ此の寺は格式の高い名刹《めいさつ》ではあるけれども、昔と違って、皇室や本山から此《こ》れと云う補助があるのでもなく、戦後は殊《こと》に貧窮の度が甚《はなはだ》しいので、これだけの大きな構えを維持して行くのが容易でない、それに民間の寺のように葬式などを扱わず、檀家《だんか》と云うものが一軒もないので、その方面からの収入も絶無である、で、これからは徒《いたずら》に見識《けんしき》ぶらないで、何よりも檀家を持つことが急務であるが、それには此の寺の存在を世間に知らせなければならぬ、曼殊院と云えば、一部の人には知られていても一般には知られていないようであるから、今後はこゝで講演会を開くとか、意義ある催し物の会場に提供するとか、こゝが洛北の名勝地であることを顕揚《けんよう》したい云々、と云うことであったが、私はそれを聞いて、新門跡の任務もなか〳〵大抵《たいてい》ではないと思い、師のような学僧には少し荷が勝ち過ぎる仕事ではないかと、内心危ぶんだ次第であった。

晋山式の日にはそれでも数人の役僧が師の身辺に付き従って寺務を扶《たす》けていたけれども、それは当日限りのことで、あとはがらんとした寺坊の中に、師は一二人の寺男のような人を相手に起居しているらしかった。最初の一週間程は秘書の役僧が一人残っていたようであったが、それも間もなく用事が出来て自分の寺へ帰ってしまった。聞いて見ると、建物全部で部屋の数が五十もあるのが、雨天の日には大概《たいがい》どれも雨漏《あまも》りがすると云う始末で、住むに堪える室はそんなにない。おまけに特別保護建造物で、電灯の設備が禁ぜられており、たゞ師の居室にだけ許されているのだと云うから、夜はどんなにか侘《わ》びしいことであろう。師はこゝの門跡になっても、矢張《やはり》専修学院と付属の専門学院の教師を罷《や》めた訳ではないので、こゝから週に何回か坂本へ通うのであったが、坂本と曼殊院との距離は直径にすれば僅《わず》かだけれども、両者の間に比叡山が蟠踞《ばんきょ》しているので、京都府と滋賀県とに跨《また》がる山の裾を大迂廻《だいうかい》して行かねばならない。その道順は、曼殊院から半里《はんり》弱の山道を叡山電車の修学院停留所へ下り、それから出町柳《でまちやなぎ》の終点に出て市電に乗りかえ、三条から又京《けい》津《しん》電車に乗りかえて浜大津《はまおおつ》に出、浜大津からもう一度江若線《こうじゃくせん》*に乗りかえて坂本に出るの

薬樹院

である。良尚親王を始めとして昔の門跡は、出るにも入るにも共《とも》の人数を従えて、駕籠《かご》に乗り先を追わせて行ったのであろうが、師は洋服に洋傘を携え、一人とぼ〳〵とあの坂路を徒歩で上り下りするのであるから、雨の日雪の日などの労苦は察するに余りあるのであった。

が、師は見たところ、まだ私よりは数年若く、体も痩せてはいるけれども格別病身のようではなく、時々地方の寺などへ講演や法事に招かれたりもして、遠くは北海道九州にまでも出張すると云う活動ぶりで、元気一杯に働いていた。師は天台教学《てんだいきょうがく》の権威と云われる人ではあるが、非常に社交的で如才《じょさい》ない一面があって、誰に対しても胸襟《きょうきん》を開き、諧謔《かいぎゃく》交りにいろいろと面白い話を聴かしてくれると云う風なので、いかさま此《こ》の調子だと、叡山が此の人をこゝの門跡に据《す》えたのも大いに見るところがあってのことで、案外経営の才も備えているのかも知れない、と、私はひそかにそう思い直した。

もと〳〵私が春聴に頼んで師を紹介して貰ったのは、誰か天台の偉い坊さんに摩訶止観《まかしかん》のことなどを尋ねてみたいと云う下心《したごころ》があったからであるが、師が幸いにも京都の寺へ移って来たので、それからは月に一二回出かけて行って教《おしえ》を受けるようにした。ついでに女の連中も法華経《ほけきょう》の講義をして戴きたいと云い出して、私の妻が肝煎《きもい》りで、和辻前市長夫人、高折博士夫人、観世流能楽師の奥村富久子さん、妻と妻の妹など、数人の婦人たちもノートブックをかゝえて私と行を共にした。これは私が怠け者であるのに加えて、婦人連の方にも何かと故障が起り易く、それに往復の山道が厄介でもあったので、長くは続かずにしまったけれども、そんなことから師との交際はだん〳〵深くなって行った。私は又晋山式のあった年、昭和二十二年の秋の彼岸《ひがん》には、師に乞《こ》うて曼殊院で父母の法要を営んで貰った。と云うのは、私の家は本来日蓮宗であるが、私はどうもあの宗旨《しゅうし》が嫌いなので、東京にある菩提寺《ぼだいじ》にもめったにお詣りしたことはなく、戦争で疎開《そかい》してからはいよいよ仏事をおろそかにするようになり、戦後京都に家居《いえい》してからも、何処《どこ》か此の地で然《しか》るべき寺を定めようと思いながら、今日までぐず〳〵に過していたのであった。それでその年の五月十四日、母の祥月命日《しょうつきめいにち》には、取りあえず清水寺《きよみずでら》へ参詣して供養したような訳であったが、寺を定めるのにも、いっそ此の機会に日蓮宗以外の寺にしてしまおうかどうかについて、実は迷っていたのであった。何を云うにも日蓮宗は最も排他的な宗旨であるから、自分が嫌いであるからと云って、勝手に自分の好きな宗旨に変えてしまうのも如何《いかが》であろう、自分はそれでよいかも知れないが、生前「お祖師様《そしさま》」を貴んでいた亡き親達の心持も考えなければならないとすると、あまり無闇《むやみ》な改宗もなし得ないのであった。

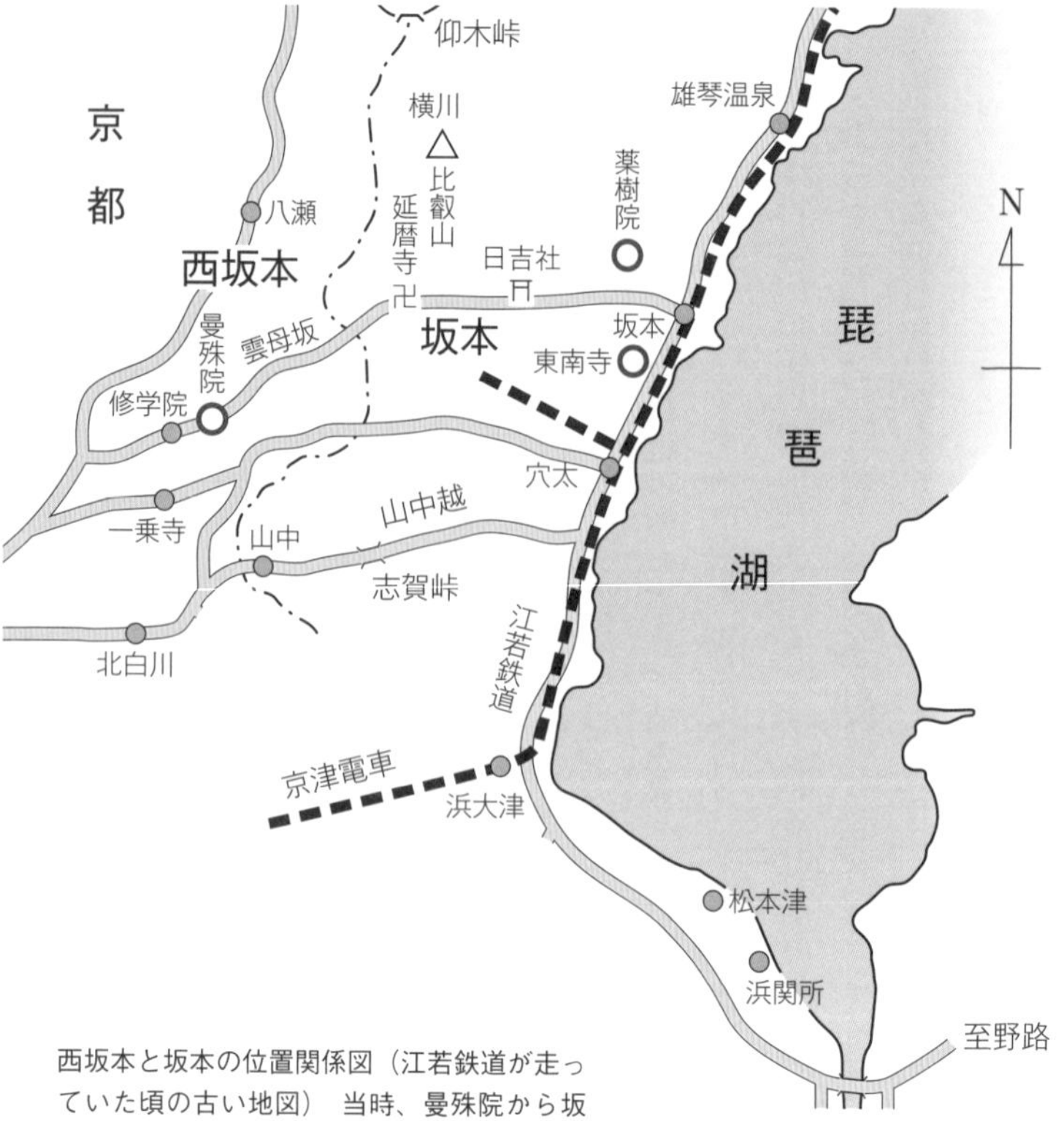

西坂本と坂本の位置関係図（江若鉄道が走っていた頃の古い地図） 当時、曼殊院から坂本へ行くには比叡山の南側を大回りするのが一般的であった。

しかしながら、曼殊院は外《ほか》ならぬ天台宗であって、その昔比叡山で修行をした日蓮は、さすがに伝教大師《でんぎょうだいし》や天台宗の排撃はしていない、云って見れば日蓮宗は天台宗の出店のようなものであるから、此の宗旨に変える分には、悪口屋のお祖師様もまあ見逃してくれるであろう。私はそんな風に、自分に都合好く分別《ふんべつ》して、光圓師にお願いしたのであったが、当日は、再び晋山式の時のように師のお弟子の坊さん達が出張《でば》って来て、床《ゆか》しい法事を営んでくれた。師は今日の法事は平安朝の儀式に従って行いますと云うことであったが、なるほど、仏前の荘厳《しょうごん》の有様《ありさま》も、お経の文句も、今迄に見馴《みな》れず聞き馴れない、優美な品のよいものだったので、出席した家族や親戚の人たちも皆たいへんに感激した。あとで聞くと、あれが王朝の物語にしば〳〵出て来る法華三昧《ほっけざんまい》*の法と云うものであった。そう云えば、師は勤行《ごんぎょう》の間に「しんけいれい」と云う文句を何度も繰り返して唱えたが、それは「一心敬礼」と云うのを約《つづ》めて左様に唱えるのだそうで、あの梁塵秘抄《りょうじんひしょう》*の法文歌《ほうもんのうた》の中にある法華懺法《ほっけせんぽう》の歌に、

一心敬礼こゑすみて　十方浄土にへだてなし
第二第三《ていじていさん》かずごとに　六根罪障《ろっこんざいしょう》つみ滅《めっ》す

とあるのは、此の「しんけいれい」のことなのであった。法事が終ってから又私たちは夕陽の間に請ぜられて精進料理の馳走《ちそう》を受け、数点の宝物を見せて貰ったが、それらは主として良尚親王の遺愛の品々で、古今、新古今、続古今、伊勢物語、茶入、茶杓、茶道具入枕、香道の器具等々であった。

私の家は師が坂本へ通う道筋からそう遠くない所にあるので、師は往《ゆ》き復《かえ》りに立ち寄って行くことがしばしばあった。法華経と止観の勉強があれきりになっているので、皆さんに毎々山へ来て戴くのは大変であるから、私の方から講義に出向いても結構です、とも云ってくれた。たしかその頃、私が毎日新聞社から文化賞を貰ったので、そのお祝いにと云って、わざ〳〵文字を揮毫《きごう》して持って来てくれたこともあった。その一枚には「満面春風《まんめんしゅんぷう》」とあったが、他の一枚に、

洗レ硯魚呑レ墨（硯を洗えば魚《うお》墨を呑む）
烹レ茶鶴避レ烟（茶を烹《に》れば鶴烟《ゆげ》を避く）

とあったのを、私は竹の聯《れん》にするように、もう一度適当な大きさに書き直して貰って、胡《ご》

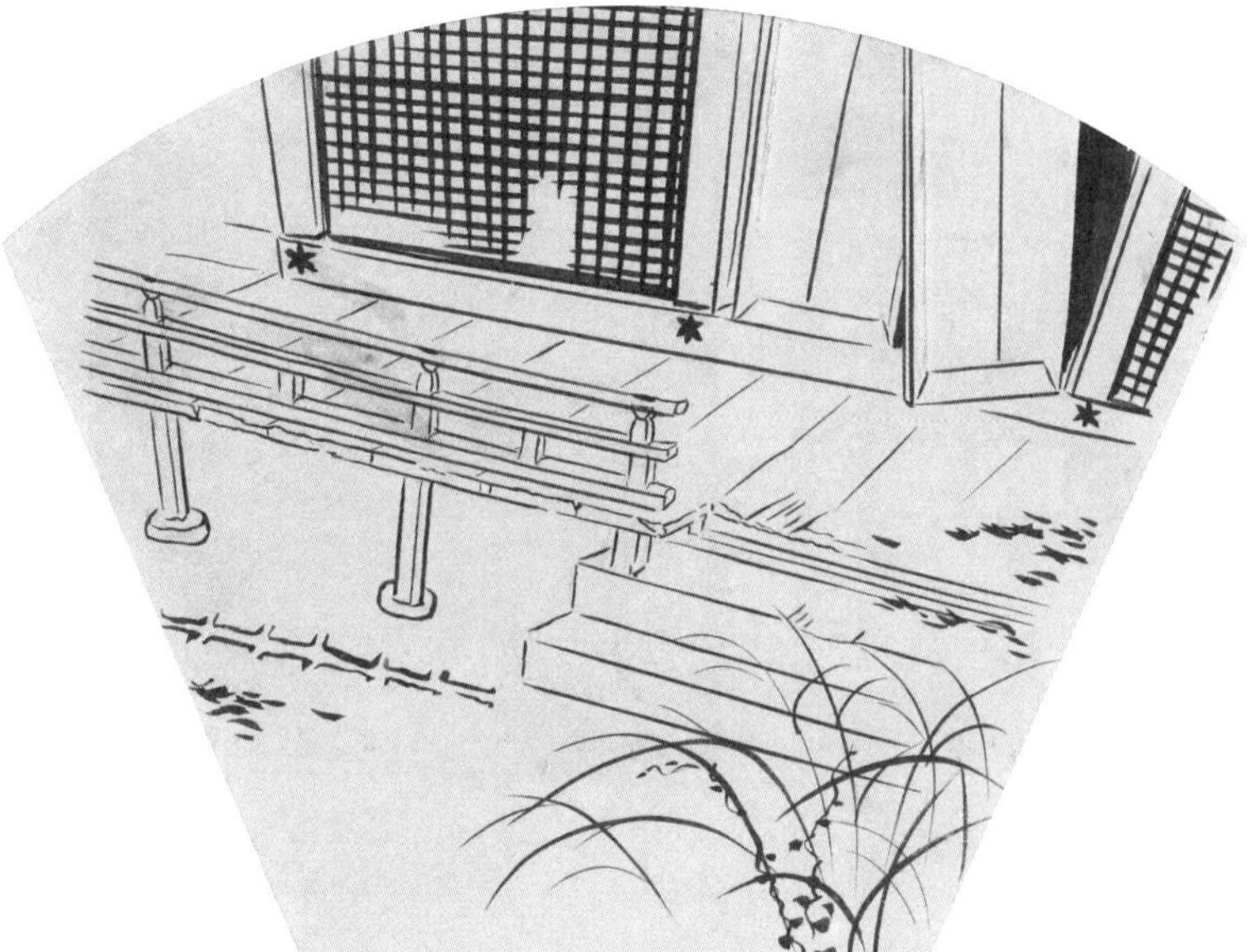

中納言敦忠の山荘　小倉遊亀画。『少将滋幹の母』より。
かつての栄華はなく、朽ちるまま、そのまま……

藤原敦忠　権中納言敦忠。歌や音楽に秀で、その風流な山荘から、数寄者として超一流であったことが知れる。敦忠の「百人一首」所収の歌は、第四十三番「逢ひ見ての後の心にくらぶれば昔は物を思はざりけり」。

敦忠の山荘跡を示す石碑。「お茶所」の入口脇にひっそりと在る。

麻竹《まだけ》に彫らせた。今下鴨の潺湲亭《せんかんてい》*の中門の柱に懸っているのが即ちそれである。そのうち私は毎日新聞のために「少将滋幹《しげもと》の母」を執筆することになったが、此の作品を書きつつある間に、光圓師の教《おしえ》を乞《こ》わねばならないことがつぎつぎに出て来た。たとえばあの中には不浄観《ふじょうかん》のことが書いてある。又滋幹の母が隠棲《いんせい》したことになっている地、西坂本の中納言敦忠《あつただ》*の山荘のあった所と云うのは、ちょうど現在の曼殊院のあるあたりになる。滋幹は叡山の横川《よかわ》*にある良源*和尚の坊から、或る日雲母越《きららご》*えを下って来て、偶然敦忠の山荘のほとりへ出、昔の母に遇うようになるのであるが、その雲母越えは曼殊院の直ぐ上を行く坂道なのである。

それやこれやで私はたび〳〵師を訪ねて、不浄観の教理や実践の方法、叡山、雲母坂、一乗寺辺の地理や道程などについて質《ただ》したのであったが、師は私のうるさい質問にいつも快く応じてくれたばかりでなく、進んで有益な示唆をも与えてくれたのであって、ありていに云えば、私があそこへ良源和尚を点出《てんしゅつ》したのも、師の入れ知恵に依ったのであった。

そう云う訳で、師はあの小説が新聞に載り始めると、毎朝熱心に愛読され、批評や感想を寄せられたことも二三回あったが、或る時私に、自分が材料を提供するからそれを小説にして見ては如何《いかが》、自分の提供するものをあなたの筆で創作にしてくれたら、天台宗の宣伝にもなって大変有難いのであるが、と云う話があった。私としては、それがたま〳〵創作的感興を催さしめる底《てい》のものであったら、一篇の作品に纏《まと》めてみる気もないではないし、そんな風にして出来上ったものが師のお役に立つと云うなら、結構なことに違いないのであったが、残念ながらその折《おり》師から提供された材料と云うのは、慈覚大師《じかくだいし》*の顕揚大戒論《けんようだいかいろん》に菅原道真が序文を書いたと云う、北野縁起にもちょっと出ている挿話であって、これはど

いよいよ「雲母坂」に入るという所に、雲母漬老舗が茶店（摂待所）を出している。ここを進むと雲母坂に至る。通りに面する店には「雲母」の文字が……銭湯「雲母湯」もある。

うにも小説になりかねるものであった。慈覚大師の門弟の安恵《あんえ》和尚が、大戒論の草稿を首に懸けて菅公の父、参議《さんぎ》菅原是善《すがわらこれよし》の邸へ序文の執筆を乞いに来る。是善が、自分には書けないが忰《せがれ》ならば書けるでしょうと云って、子の道真を推挙する。此の前後あたりを幾分小説の体裁で書けば書けるが、その他は余りにも専門的で、仏教に関係のある者以外には到底読み手はありそうにもない。私は仕方なく、その理由を云って師から借用した参考書類を返却したのであったが、師はなか〳〵そのくらいなことでは諦《あきら》めず、それではと云って二度目に提供してくれたのが、元三大師《がんさんたいし》*の材料であった。

前に私は、光圓師の示唆《しさ》に依《よ》って小説「少将滋幹の母」の中へ叡山の僧良源《りょうげん》和尚を点出したことを語ったが、元三大師とは此の良源和尚のことであって、私はその時にも大師の逸話《いつわ》を二三聞かされていたのであった。そして私は、大師その人の事蹟には格別の興味も感じなかったのであるが、大師が実は宇多法皇《うだほうおう》*の胤《たね》であること、大師の母は大師が偉い坊さんになってからも大師を慕うこと一方《ひとかた》ならず、わざ〳〵大師に逢うために比叡山の麓《ふもと》に庵を結んでいたこと、大師も亦天台座主《またてんだいざす》*の身を以《もっ》て密《ひそ》かにしば〳〵山を下り、麓の里へ母を訪《とぶ》らいに来たこと、等々の物語には何となく心を惹《ひ》かれ、これは事に依ると書けそうだなと、当時もそう思っていたのであった。

その二

そこで私は、もう一度よく大師と大師の母のことを聞かして貰うために曼殊院を訪ね、又人を遣《つか》わして師の語るところのあらましを筆録せしめた。それに依ると、元三大師の母なる人は江州長浜《ごうしゅうながはま》*在の物部氏《もののべ》の娘で、月子姫《つきこひめ》と云い、或る年宇多法皇が竹生嶋《ちくぶしま》*へ臨幸せられた砌《みぎり》、十二歳で給仕に上ったが、その時彼女の可憐な容姿が法皇の眼に留まり、十四の歳に側近に召されて女官《にょかん》となった。そして二十六歳の時に法皇の胤を宿すに至ったが、法皇は彼女を誰に託すべきかについて苦慮し給い、遂に江州浅井郡三川庄《あざいぐんみかわしょう》（今日の虎姫《とらひめ》*）の住人饗場氏《あえば》に預け給うた。此の饗場氏はもと同国高嶋郡饗庭野《あえばの》に住み、饗庭を姓にしていたのであるが、兄弟が相続争いの結果、兄が負けて三川庄に蟄居《ちっきょ》し、饗庭の姓を饗場に改めて暮していたもので、その家に預けられた月子姫は、延喜十二年九月三日の正午に男子を分娩した。これが即ち後の良源僧正、元三大師である。尤《もっと》も元三と云うのは、入寂《にゅうじゃく》したのが永観三年の正月三日であるところから、世人が俗にそう呼んだので、一条天皇の寛和三年の勅書にある諡号《しごう》は「慈慧《じえ》」であるから、ほんとうは慈慧大師（或は「慈恵」と

山上の横川から麓の里を見る。

も書く）と呼ぶのが正しい。

月子姫は此の児が十歳ぐらいに達した頃、母子で三川庄を出て滋賀の里に移り住んだが、近くにある梵釈寺《ぼんしゃくじ》＊の僧覚恵阿闍梨《かくえあじゃり》が童姿の大師を見、非凡の器であることを察して仏門に入ることをすゝめ、叡山に登らしめた。斯《か》くて大師は浄蔵《じょうぞう》＊の弟子となって修行をし、五十五歳で十八世の天台座主となったのである。一方母の月子姫は、法皇のお側を去ってからは夫もなく、一人のいとし子は仏道に帰依《きえ》してしまったので、せめてその子が立派な僧になってくれますようにとの願いより外《ほか》はなく、絶えず大師の身辺にのみ思いを馳せていた。しかし当時の比叡山は素《もと》より女人禁制の山で、恋しい我が子を見に行くことは叶《かな》わなかったので、彼女は大師の住んでいる横川の峰の真下にあたる千野《ちの》＊と云う所に居を卜《ぼく》し、自分も尼となって暮らした。その所は現在の滋賀県滋賀郡雄琴村《おごとむら》＊字千野のことであって、昔尼がいた跡には安養院《あんよういん》と云う寺があり、彼女の墓も残っている。月子姫は実に九十三歳と云う長寿を保った人で、死んだのは円融天皇の天元三年七月七日、大師が六十九歳の時であった。

大師の住んでいた比叡山の横川と、月子姫のいた麓の千野の庵との距離は、ざっと一里ぐらいであろう。今日安養院へ行って、下から横川の峰を仰ぐと、ただ頂上にこんもりした

妙見道　石標には「元三大師御母公　妙見菩薩道」と刻されている。

木々の梢が望めるだけであるけれども、月子姫の時代には、或《あるい》は樹木の間から堂塔の甍《いらか》の一部が隠見《いんけん》したでもあろうし、夜になれば灯火などがちらちらしたかも知れない。少くとも山の上にいる大師の方からは、つい眼の下に住む母の草庵の灯がほの見えたであろう。大師は遙かにその灯影を瞰《み》おろすだけでは満足出来なかったばかりか、却《かえ》って母恋しさの一念を募らせたと見えて、おりおり忍んで一里の山道を下って来ては母に見《まみ》えた。一山の衆徒たちや千野の里人どもは、天台座主の大僧正が尊貴《そんき》の身を以《もっ》てこっそり母に逢いに来るのを珍しいことに思い、あれは山の座主がお袋の乳を吸いに来るのだと云って陰口をきいたが、そんなことから千野の地名に「乳野」の字を当てたり、「ちゝの」と呼んだりするようになった。現今《げんこん》坂本の郵便局のある四辻に、文化年間の石の道標が立っているが、それにもはっきり「乳野」と刻んである。出家した大師が始めて母の許を訪れたのは、二十幾歳かの時であったが、母は喜びのあまり豆を炒《い》って我が子をもてなした。大師は母が豆を運んで来るのを見ると、それを次の間から撒《ま》いてくれるように頼み、飛んで来る豆を箸で以て一つ一つ巧みに宙で受け留めて食べた。後世《こうせい》手先の器用な人のことを「箸豆《はしまめ》」と云うのは、それから起った言葉である。又叡山では大根漬のことを沢庵と云わず、定心房《じょうしんぼう》と称しているが、定心房は即ち大師の房のことで、大根の糠漬《ぬかづけ》を発明したのは大師であると云われている。まことに大根漬を作るには、横川のような光線の暗い、湿気の多い、じめ〳〵した地が適しているのであって、叡山の僧たちはいつも定心房の沢庵漬を常食にしていたところから、江戸時代あの山麓地方で唄われた子守歌に、

山の坊さん何食うてくらす
油葉《ゆば》の付焼《つけやき》定心房

と云うのがある。

斯様《かよう》に台所の隅のことまで大師が始まりだと云うくらいで、大師に濫觴《らんしょう》を発することは頗《すこぶ》る多い。たとえば僧の官服《かんぷく》とも云うべき素絹衣《そけんえ》*の制を設けたこと、所謂僧兵《いわゆるそうへい》*と云うものを養うたこと、百番籤《ひゃくばんくじ》*と称する「おみくじ」（大師のおみくじは易《えき》と異り、仏説占察経《ぶっせつせんざつきょう》*に基いたものである）の開山であること、その他論義を創始したり、一実神道《いちじつしんとう》*を興したり、叡山教学の総《す》べてのことは大概大師に始まると云ってもよいのである。

大師の事蹟では、村上帝の時清涼殿《せいりょうでん》に於いて南都《なんと》の僧法蔵と法華方便品《ほっけほうべんぼん》の無一不成仏《むいちふじょうぶつ》の義を論じた応和の宗論《しゅうろん》が有名で、叡山側が十界皆成仏《じっかいかいじょうぶつ》の立場から「一《ひとつ》も成仏せざる無し」と読んだのに対し、南都側は五性各別論《ごしょうかくべつろん》の立場から「無の一は成仏せず」（無性有情の一類は成仏せず）と読み、互に論難して屈しなかったが、叡山側の記録は叡山が勝ったと云い、南都側の記録は南都が勝ったと伝えている。大師の弟子は多士済々《たしせいせい》で、「三千の門徒、七十の達者、四人の上足《じょうそく》」があると云われたが、四人の上足とは、恵心院源信《えしんいんげんしん》*、檀那院覚《だんないんかく》運《うん》*、覚超《かくちょう》*、尋禅《じんぜん》*であって、日本天台で最も花やかなる恵檀《えだん》両流がこゝに分れ、更に分れて恵檀八流となり、各流派で教学の継承が盛んに行われた。その結果口伝《くでん》の法門が始ま

赤山禅院　鳥居を潜り、坂道を上ると諸堂が広がる。今も神仏習合の“寺”である。天台の里坊。長い間荒廃していたが、大行満大阿闍梨の叡南覚照師が復興。こちらの御本尊は諸説あるが、一説に良源の弟子・覚運の檀那流がよくした「玄旨帰命壇」の灌頂道場の御本尊・摩多羅神《またらしん》という。摩多羅神は一名赤山大明神。

絵馬　皇城表鬼門赤山大明神。赤山大明神は円仁が勧請した。

り、「唯授一人《ゆいじゅいちにん》」の法と称して筆紙に載せず、一人の弟子にだけ心を以て心に伝えたが、後世《こうせい》忠尋《ちゅうじん》座主《ざす》の時に至って筆録に上《のぼ》せるようになった。此の、口伝の筆録と云う破天荒《はてんこう》なことを行った忠尋が、曼殊院の初代になるのである。
大師はしば〳〵宮中に召されたが、いつも御所へ上ることを「帰る帰る」と云ったので、大師が院の落胤《らくいん》であることを世人が誰も知るようになった。大師の画像を見ると物凄《きつ》い強い容貌をしているが、実際は大変やさしい綺麗な顔つきだったそうで、女官たちに懸想《けそう》されたと云う伝説がある。（大師に由縁のある寺町広小路元天台宗古刹廬山寺《ろざんじ》*に、大師が被ったと云う面

廬山寺大師堂　本尊は元三大師。毎月三日に護摩供がある。元三大師坐像の御前に「鬼大師」という角大師を立体化した悪魔像が坐す。

角大師御朱印

を蔵している。大師は宮中へ参る時に、自分の美しい顔を女官たちに見られないようにその面を被って行ったのだと云う。廬山寺ではその形を木版に刷り、元三大師降魔面御符《がんざんだいしごうまめんごふ》として参拝者に頒《わか》っている）そう云えば、天子の玉体《ぎょくたい》を加持することも大師に始まるのであって、康保元年内供《ないぐ》奉十禅師《ぶじゅうぜんじ》に補《ふ》せられた大師は、叡山からでは道が遠いので、船岡山の傍《かたわら》に与願金剛院と云う勅願寺《ちょくがんじ》を賜わり、そこから常に参内したのであった。

大師は叡山中興の祖と云われており、京都の市内には「十八大師」と云って、元三大師を祀っている寺が廬山寺を始め十八箇所もある。著書は余り多くなく、僅《わず》かに二十六条式、九品往生義《くほんおうじょうぎ》、本覚讃《ほんがくさん》、等が存するばかりである。――

光圓師の談話はざっと以上の如くであったが、私としては、矢張《やはり》これを普通の小説の形式で書くのはむずかしく思えた。宇多法皇と月子姫との関係を骨子《こっし》にして、一般の興味を惹《ひ》くような虚構の事実を多分に加えでもすればであるが、少将滋幹の場合と違い、大師のような仏教史上に顕著な足跡を印した人を、殊には日本の帝王であられた方を材料にしてありもせぬことを捏造《ねつぞう》し、まことしやかに物語ると云うことは、私の今の心境に合致しないところである。が、小説の形式に囚われることなく、もっと自由に、随筆風にならば、何か書けそうな気がしたので、兎《と》に角《かく》私は、師の手許から参考資料を借りて帰って来たのであっ

元三大師堂（四季講堂）　本尊は元三大師絵像。作者は慈忍和尚（尋禅）。大師の不思議が描かせたもの。「御影像《みえいぞう》」ともいう。

た。それらの資料の重《おも》なものは、篤学《とくがく》の師が古い記録や文書の類を渉猟《しょうりょう》して作成した数冊のノートブックであって、就中《なかんずく》慈恵大師年譜、饗場家文書と饗場家所蔵「先祖代々之覚」の写し、「慈恵大師研究」と題する各種の抜書《ぬきがき》、参考書目録、等々は特に多年の苦心の結果に成るものらしかった。

思うに今の世の若い人たちは、「元三大師」など、云っても恐らく馴染《なじみ》のうすいことであろうが、前述のように、此の人は、生前の名は定心房良源、死後諡《おくりな》して慈慧大師と云い、元三大師という俗称の外にもいろいろの名があって、「御廟《みみょう》大師」「降魔《ごうま》大師」「角《つの》

「元三大師絵伝」　元三大師良源誕生の図。母、日光が懐に入る夢を見る。母は懐妊。立派な男の子を産む。典型的な「日光感精説話」である。この説話は、尊い子の誕生に語られる。

大師」「本朝大師」或は単に「お大師さま」とも呼んだと云うから、昔は伝教《でんぎょう》や弘法《こうぼう》ぐらいに著名だった時代もあるのであろう。しかし「元三大師」の称呼《しょうこ》が最もポピュラーで、慈慧大師の名を知る者は当今の俗人の間には余り多くなく、まして大師の仏教史上の事蹟を知る者は一層少い。蓋《けだ》し慈慧大師が元三大師として広く民間に喧伝《けんでん》せられ、庶民の信仰を集めるようになったのは、大師の影像、所謂「角大師」の御影《みえい》を門に貼っておけば疫病神が来ないと云う迷信に基づくのであって、現に過ぐる大戦の直前、昭和十六年の秋にも、一団の信徒が一万枚の御影を刷って全国に配ったことがあると云う。かように此の迷信は今も猶《なお》跡を絶たないらしいのであるが、上野寛永寺《うえのかんえいじ》蔵版沙門胤海《さもんいんかい》撰元三大師縁起の下巻に、その由来について次のようなことが記してある。――

円融天皇の永観二年、大師七十三歳の頃のことであった。或る夜人静まって俄《にわ》かに風が吹き起り、瀟々《しょうしょう》たる暗雨の窓を打つ音が物凄く、大師がひとり残灯の影に坐していると、異様な形をしたものが忽然《こつぜん》と現れて大師の前に畏《かしこ》まった。師が汝は何者であるかと問うと、私は疫病を司る百鬼夜行《ひゃっきやこう》の首魁《しゅかい》でございます、今度あなたさまが厄《やく》にお当りなされましたので、恐れ多うございますが、御尊体を侵しに参ったのですと云う。そこで大師が唯円《ゆいえん》教意逆即是順《ぎょういぎゃくそくぜじゅん》と唱え、試みに左の小指をさし出して、それに病気を移させたところ、

横川（河）で配布された「慈恵大師二童子像」 元三大師の御顔は眉を長く描くのが決まり。

鬼大師（角大師）　横川（河）が発行したもう一つの魔形の元三大師像。護符。
角大師をよりリアルに表現。手に独鈷を持つ姿で、この「鬼」の正体、元三大師と知れる。

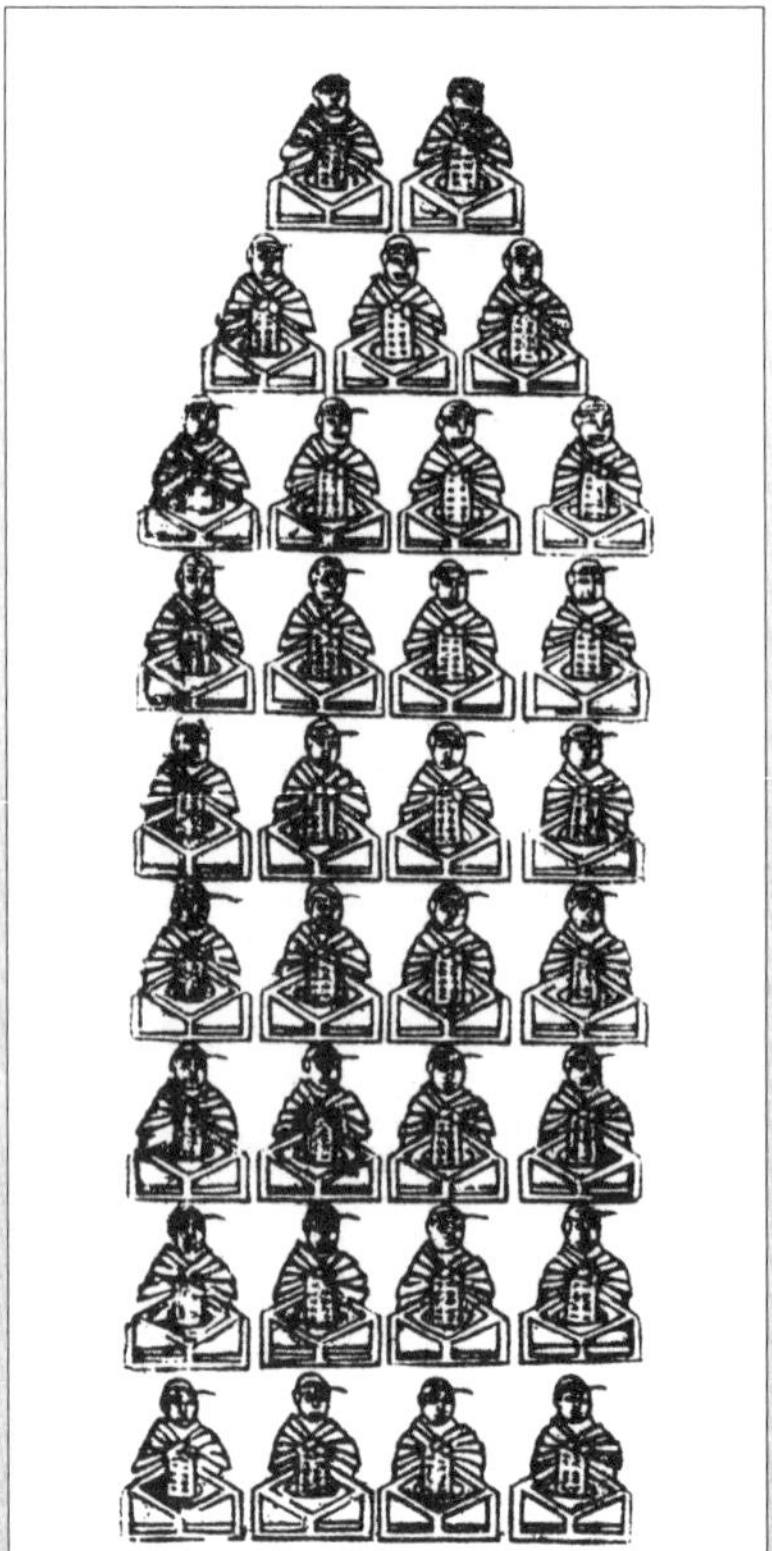

豆大師　なぜかこの護符は、関西では横川（河）にしか残っていない。貴重。三十三体の僧が豆粒のように描かれる。三十三身に変化する観音の化身としての元三大師。眉が長いのが古風。

苦痛が全身に遍満して堪え難かったので、円融三諦《えんゆうさんだい》の法を観じて弾指すると、疫病神は直ちに弾《はじ》き出されて腰を折って伏し転《まろ》び、同時に大師の苦痛が去ってもとの健やかな体に復《かえ》った。その後大師が思うのに、自分が僅《わず》か一本の指を患《わずら》ってさえあのような苦しみを感じるのであるから、まして病褥《びょうじょく》に呻吟《しんぎん》する人々の辛さは何程《いかほど》であろう、自分は誓って此の疫病神を払い除《の》けて庶民の苦患を救おうと。斯《か》くて大師は自ら夜叉《やしゃ》の姿と現《げん》じて鏡に映し、その影像を写し取って、此の絵を置いてある所には決して邪魅《じゃみ》が来ることなく、厄《やく》災《さい》が払われますようにと云う誓願を立てたのであった。

縁起の原文には「それよりぞ三台槐門《さんだいかいもん》の柱、万民茅屋《ばんみんぼうおく》の扉にも、今に於いて押し奉れり」とあるが、夜叉の形をした大師の影像と云うのは、図に示すが如き奇怪なものである。此の大師像を「角大師」と云い、木版に刷って民家の門に貼り、疫病除けのまじないにしたのであって、古いところでは後深草院の宝治年中、将軍頼嗣《よりつぐ》、執権時頼の時、鎌倉に悪疫が流行して一万体の像を摺写《しょうしゃ》したことが東鑑《あずまかがみ》に見えている。爾来《じらい》今日でも横川の大師堂、京都の廬山寺、江州虎姫村《ごうしゅうとらひめむら》の玉泉寺《ぎょくせんじ》*等で摺写して全国に配布しているのであるが、そう云えば私も、田舎の農家の軒先などにあの木版刷の夜叉の絵が貼ってあるのを幾度か見かけたような気がする。江戸でも徳川時代には、天海僧正《てんかいそうじょう》*が大師を尊崇したところから、

玉泉寺の角大師

横川（河）の角大師

尊勝院の角大師

廬山寺の角大師

角大師　滋賀・京都を中心に関東にも多くこの護符を出す天台の寺がある。魔除けの呪力は今も信じられている。

第九十二吉

自幼常為旅

逢春駿馬驕

前程宣進歩

得箭降青霄

この句の心は人の身の上何事も定まらず落着かぬことをいうなり

馬は陽気のものにて春になればおこり勇むもの也これは人も幸よくいさむ事にたとう

行く末よきほどにいさんで歩みを進むべしという事なり

矢は真直ぐにしてあたるもの当る時は即ち得る也これ天より吉事を得る手筋を与え給う

○このみくじにあう人はこれまでは住所など変り気苦労な身の上なりしが今運気開きて心配事皆過ぎ去り幸にして何事をなしても成就する運なりされど非義よこしまの事をなせば災忽ち来るべし又第四の句天より箭を給うの句あり是正直の徳によって天の恵みを受くる義也もし不正直あればこの裏にて罰を受くべし佛を信ずれば吉○喜び事吉○病人本復す○望み事叶う○訴訟叶い争い事勝也○待人は来がたし○失せ物精出して尋ねてよし東の方高き所にあるべし○家の新築増改築結婚旅行等万事よし○売買よし○生死は生たり

尊勝院のものは古風

第八十六番　大吉

花発応陽台《はなひらいてようだいにおうず》

車行進宝財《しやこうほうざいをすゝむ》

執文朝帝殿《ぶんをとつてていでんにちようす》

走馬听声雷《うまをはしらしめてこゑをきけばらいなり》

花の見事なる花のうでなのけつこうなるとそうおうするなり

かづかづの宝ものをくるまにつみて進みゆくけしきなり

さいちによりて上司にめしいだされかかえられるなり

馬を走せて出動する威勢の盛んなることは雷のとどろくごとしと

▼このみくじにあたる人は、出家、学者、官吏などおゝいに仕合せよし、あまりよすぎてくらい負けすべし物事つゝしみ深くして、うちわにすれば立身出世あるべし、神仏をいのり正直にすべし▼よろこび事十分にあり▼病人本ぷくすべし▼失物出づべし▼待人来るべし▼あらそい事かち、たゞしねづよくすべからず▼屋うつり、ふしん、よめどり、むこどり、旅立などよろづよし▼売買十分よし▼耺業につくことよし▼耺は人の上に立つことあるべし▼子なければ二十七、八より三十二、三までに出来る

廬山寺のものは現代風

角大師のおみくじ二種　六角形の筒から百番ある番号を出し、その番号の御札を頂く。

大師の信仰が可なり盛んであったらしく、寛永寺では開山慈眼《じげん》大師（天海）の像と共に慈慧大師の影像を併祀して両大師と称し、月々山内三十六坊の寺々で代る〳〵奉遷《ほうせん》供養《くよう》することになっていたので、江戸名所図絵にも、「月毎の晦日《みそか》に両大師の御影を次の院に遷坐なし奉る、是を迎へ奉らんとて江府遠近の諸人群集して道路に溢る」とあって、上野山内市民雑沓の図が載っている。此の行事は明治に入って廃止されたけれども、あの博物館の東の屏風坂《びょうぶざか》の上に、紫地に金文字で「両大師」と記した立札が立っていて、子供の時分によくその前を通ったことがあるのを、私はうろ覚えに記憶している。

その三

世に伝わる大師の伝記で最も権威あるものとされているのは、大師の滅後四十六年を経た長元四年に、所謂《いわゆる》「四人の上足《じょうそく》」の一人である檀那院覚運の草稿に基づいて藤原齊信が撰したのであろうと云われる慈慧大僧正伝であるが、その外にも元亨釈書《げんこうしゃくしょ》、天台座主記《てんだいざすき》等の中にもその伝が見え、又南禅寺の僧景茝《けいし》の撰に成る慈慧大師伝もある。然《しか》るにこれらの伝を見ても、又饗場家に伝わる系図や「先祖代々之覚」やその他の由緒書を見ても、大師が江州浅井郡の人で、姓は木津《こうづ》氏（木津氏即ち饗場氏であることは後に説く）であること、母は物部氏の出であること、母が或る時海中に坐して天に向い、日光懐に入ると夢みて妊娠したこと、等々を記すのみであって、法皇の落胤《らくいん》云々と云うことは、以上の孰《いず》れの文書にも見当らないし、遠廻しにそれを匂わしてある形跡もない。前掲光圓師の談話に依ると、大師の母月子姫が始めて法皇の眼に留まったのは、彼女が十二歳の時、法皇の竹生嶋行幸に際して給仕に上った折のことであって、師は此の話をした時に竹生嶋縁起を引用したのであるが、今試みに群書類従《ぐんしょるいじゅう》巻二十五所収の同縁起を見ると、

昌泰《しょうたい》三年十月寛平前帝禅定法皇行幸アリ、木工寮《こだくみのつかさ》ヲ召シテ三間ノ堂ヲ改メテ七間ノ殿ト作《な》ス、浅井郡検校《けんぎょう》出雲春雄勅ヲ蒙リテコレヲ構造シ奉ル、法皇即チ常灯料トシテ勅旨田《ちょくしでん》参町ヲ施入《せにゅう》ス、諸王諸臣各位田ヲ施入ス

とある。此の昌泰三年の法皇竹生嶋行幸のことは日本紀略や大日本史本紀にも載っている

玉泉寺　良源の誕生の地。角大師の版木が保存されている。

「元三大師御産湯井」
玉泉寺の門前の民家と民家の間にある。

「月子之墓」
こちらは産湯井から少し歩いて、民家の裏に回ると、見えてくるささやかな墓。目印の石塔は立派。この石塔がなければ通り過ぎてしまいそう。

事実であるけれども、正史は勿論のこと、して縁起の中にも、月子姫が給仕に上ったことなどは記していない。ただ縁起には元三大師のことについて、

天台第十八世ノ座主三朝ノ国師慈恵大師、初メテ当嶋ノ検校執行職《しぎょうしょく》ニ任ジ、千万端ヲ興隆ス、其ノ中六月ノ蓮花会《れんげえ》ハ其ノ随一也、私伝ニ云フ、此ノ大師ハ、御母大悲観音ニ祈精シ、子ヲ祈リ奉ルノ時、夢ニ海中ニ坐シテ大虚ニ向ヒ、懐ヲ開イテ日光ヲ受クルト見云々

と云う記載があって、大師の母のことが出て来るのは此れだけである。それについて光圓師は次の如く説明する、――なるほど、大師が法皇の胤《たね》であることは、憑拠《ひょうきょ》とするに足るような文書は残っていないけれども、それは皇室への遠慮から露《あら》わに記録に留めることを差控えたに過ぎないので、恐らく大師在世の頃は、誰も公けの秘密として知らぬ者はなかったのであろうし、記録に留める必要がないと思われる程、明白なことだったのでもあろう。少くとも比叡山では古くから左様に云い伝えられ、一山の僧徒が代々語り次いで来たので、自分たちなども皆そのことを信じて疑はないのであると。

何分光圓師がそう云う風に信じているとすれば、信仰の上でも学問の上でも全くの門外漢に過ぎない私のようなものが兎《と》や角《かく》云うところはないし、叡山のような法灯連綿《ほうとうれんめん》たる山の云い伝えであって見れば、必ずや根拠のあることに違いなく、文献の徴《ちょう》すべきものがないからと云って、軽々《けいけい》に疑うことは出来ないかも知れない。尤も今の縁起の中に、浅井郡の検校出雲春雄なる者が勅を蒙って奉行したと云うことが記されているが、それなら浅井郡から多くの人々が召されたであろうし、月子姫も亦同郡の出身としてそれらの人数に加わっていたと云うことも、考えられないことではない。そして法皇と月子姫とにゆかりの深い竹生嶋の地に、二人の間に生れた元三大師が特に最初の検校執行職に補せられたのではないか、と云うことも想像される。猶又その伝説は、叡山の僧侶たちに依って信じられていたばかりでなく、嘗《かつ》て大師の信仰が普《あまね》く流布《るふ》していた時代には、一般の庶民たちが皆そう信じていたものと見えて、いつ頃出来たものか知らないが、世に慈慧大師和讃*と云うものが伝わっているのを見ると、その初めの方の句に、

その母公《ははぎみ》を尋ぬれば　宇多の帝の妃にて
夢に日輪《にちりん》口に入り　胎より出づと見給へり

い）然るに延喜五年重頼の舎弟重雄なるものが波多邊家を相続し、何事か罪を犯して流罪《るざい》に処せられるに至り、兄の重頼も高嶋郡に住みにくい羽目になったので、饗場の庄を立ち退いて同国浅井郡三川村に蟄居《ちっきょ》した。物部氏の娘月子姫は此の三川村の重頼の許に嫁《かたづ》いたのであるが、もし伝説が真なりとせばその時既《すで》に法皇の胤を宿していたと云うことになる。但し光圓師は、月子姫は単に重頼の許に預けられたのみで、夫婦関係はなかったかのように云われるけれども、先祖代々之覚では、彼女は饗場家に嫁《か》した後、後の元三大師である日吉丸の外に、今一人童名弥世丸、後の饗場重房と云う子を生んでいるらしいので、大師の実父が法皇であるか重頼であるかは別問題とするも、彼女が実際に重頼の妻であった時代があるものと見ねばなるまい。猶《なお》又前記「乍恐《おそれながら》慈恵大師」の口上書には、「重頼一子弥世丸家相続二子日吉丸大吉寺ニ而出家後叡山ニ登リ云々」とあって、弥世丸が長男、日吉丸が次男の如くに記してあるので、そうなるといよ〳〵落胤説は怪しくなる。たゞわれ〳〵が考えて奇異に感じられるのは、大師の日吉丸が十歳か十一歳の時、延喜二十一二年の頃でもあろうか、母が日吉丸と共に三川村の夫重頼の許を出て滋賀の里に移り住んだことで、此のことは、慈慧大師正伝や大師伝等にも記載があるので、疑うべくもない。即ち月子姫は約十年間重頼と同棲してから、夫と別居したのであって、そののち重頼は四五年を経て、延長三年に死んでいるが、月子姫の方は、やがて日吉丸が叡山に登って出家するに及んで、滋賀の里よりも一層叡山に近い乳野の里に住み、そこで一生を終ったのであった。これは彼女が饗場の「家」よりも、夫重頼よりも、又もう一人の子重房よりも、何よりも日吉丸を大切にし、日吉丸のためには他のあらゆるものを捨てて顧みなかったことを証するもので、饗場家のような由緒ある旧家の妻たる者がこう云う行為をし、それを世間も敢《あえ》て咎《とが》めなかったとすれば、矢張日吉丸を特別扱いにすべき理由があったのかとも思われる。

宇多法皇は承平元年六十五歳で崩御されたので、竹生嶋行幸の時は三十四歳、月子姫は十三歳（前に十二歳或は十四歳ともあったが、天元三年九十三歳で逝去したのなら昌泰三年は十三歳でなければならない）で、法皇より若きこと二十一歳であった。そしてその翌年十四歳で御所に召され、懐妊の年まで奉仕していたものとすれば、ほぼ十年あまり法皇の側近にいた訳で、彼女が去って饗場家に身を寄せた時、法皇は四十四五歳であらせられ、それより猶二十年程生きておられた勘定になる。が、一旦民間に埋《うずも》れた彼女は、もはや永久に法皇と隔絶《かくぜつ》してしまったことは云う迄《まで》もない。私は、仮りに大師が帝王の血を引いていたのであるとすれば、母の月子姫が他の何物をも犠牲にし、大師のために生涯を捧げ尽した心情が、

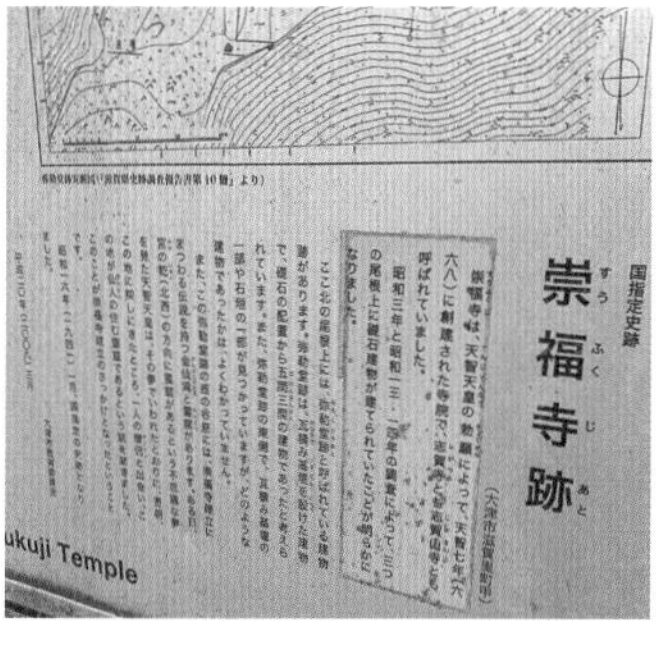

崇福寺跡　崇福寺は天智天皇が霊感を得て、「大津近江宮」の西北の山中に営んだ古代寺院。古くは「志賀山寺」と言った。その後、桓武天皇が造立した梵釈寺は、おそらくこの崇福寺を意識して構成されたようで、尾根を介して隣り合っていたとみられる。

大凡《おおよ》そ理解出来ないでもない。彼女は若かりし日に法皇の寵を受けたことを長く忘れることが出来ず、今はその感激と思慕とを移して大師を熱愛しつゞけたのであろうし、その事情を知る夫の重頼や、一族の者共や、世間の人々も、それを当然のことゝして許したのでもあろう。

慈慧大僧正伝に、大師は「生レナガラニシテ神霊、室ニ異相多シ」と記し、「年始メテ九歳、田ノ中ニ遊戯ス、時ニ国老ニ越州ノ司馬雲ノ貞行（越前守貞行）ト云フ人アリ、田ヲ祭ルノ日、卿飲酒ノ礼ヲナシ家族群集ス、爰《ここ》ニ貞行流眄《ながしめ》ニ見ルニ一《ひとり》ノ霊童《れいどう》田ノ中ニ立ツ、眼ヲ属《つ》ケテ之ヲ視ルニ頂ニ天蓋アリ、形蓮華ニ似タリ、老翁見テ奇ナリトシテ、童ノ所ニ行キ向ヒテ、忽《たちま》チニ敬重ヲ致シ、御スルニ騎馬ヲ以テシテ之ヲ其ノ室ニ至ラシム、便《すなわ》チ父ヲ戒メテ曰ク、汝ガ児ハ霊童ナリ、敢《あえ》テ軽ンズルコト莫《なか》レ、若シ塵巷《じんこう》ニ淹留《えんりゅう》セバ恐ラクハ雲霄《うんしょう》ニ達シ難カラン、須《すべから》ク台嶽《だいがく》ニ攀《よ》ヂテ師匠ニ寄付スベシト」とある。蓋《けだ》し大師が生れつき穎悟《えいご》の禀質《ひんしつ》を持っていたことも事実であろうが、尋常人の子でないことが早くから知れ渡っていて、そのために一層里人の崇敬を集め、世の注目を浴びてもいたので、かようなさまざまの奇瑞を現わす霊童のように云いふらされもしたのであろうか。そして国老貞行の、「こんな俗世間に住まわせて置いたら出世することは出来ないであろうから、叡山に登らせて立派なお師匠さんに付かせるがよい」と云う忠告の言葉などが、深く母を動かして、大師のために夫の家を遠く出て行こうと云う決意をなさしめたのであろうか。

月子姫母子が移り住んだ滋賀の里と云うのは、今の滋賀郡滋賀村で、天智天皇の旧都の付近、大津市の北方唐崎《からさき》に寄ったあたりである。此の辺には枕草子にある志賀山寺《しがさんじ》、それに接して桓武天皇勅願寺梵釈寺《ぼんしゃくじ》があった筈《はず》で、二寺とも現存しないけれども、志賀山寺の遺址は今も礎石が悉《ことごと》く残っており、はっきり地点を指すことが出来る。大師の日吉丸は、或る日梵釈寺に遊びに行って図らずも覚恵阿闍梨に見出だされるのであるが、十歳ぐらいの児が飄然《ひょうぜん》と梵釈寺へ出かけて行ける程の距離に、母子の家はあった訳である。母が此の地を選んだのは、叡山の麓の里に住んだならば、必ず我が児を山へ登らせる手蔓《てづる》が得られるであろうと云う下心からであったろうが、その希望はやがて達せられ、覚恵阿闍梨であるか、それとも他に然るべき人があったのか、兎に角適当な紹介者が得られたと見えて、延長元年五月三日、十二歳の夏に山に入って日燈上人の房に住み、宝幢院の理仙阿闍梨に就《つ》いて内外の経疏《けいしょ》を読むことになった。斯《か》くて五年を経、延長六年十七歳で出家得度《しゅっけとくど》して諱《いみな》を良源と号し、同じ年の四月、尊意*和尚に随って登壇受戒したのであった。「乍恐慈恵大師」の口上書に云う、「其後御母重病に依つて一度僧正に御対面之儀度々叡山へ仰せ上

玉泉寺内陣　元三大師の坐す御厨子。

「元三大師絵伝」　子の出世を願い、叡山へ上らせる決意を固めた母は、子とともに覚恵に会う。

げられ候故僧正山より下らせられ御対面遊ばされ候処折節《おりふし》叡山三井寺興福寺東大寺等四ヶ寺へ禁裏《きんり》より御八講之勅有之に依つて僧正山へ登らせられ候折節（三字不明）名残を惜み給ふ之に依つて御自身御像を刻ませられ我常に御側《おそば》に仕へ候と思召《おぼしめ》さる可《べ》しと御母に与へ給ひ大師は山に帰らせらるゝ節右此尊像入口之橋迄送らせらるとて今にいとまごひ之橋と申候」と。此れに依ると、此の時大師が母を見舞いに来た場所は故郷の三川村のようであり、近江輿地志略《おうみよちしりやく》＊三河村玉泉寺の項にも、その「いとまごいの橋」と云うものが今も同地に残っていることを記している。ところで光圓師の慈慧大師年譜に依れば、母が乳野に居を移したのは大師が四十歳で覚恵《かくえ》の跡を襲うて阿闍梨に補せられた年、天暦《てんりゃく》五年七月上旬であって、それは出家をした延長六年から二十四年を経ているが、その間、母は一旦滋賀の里から三川村に戻って暮していたのであろうか。猶《なお》こゝに云う「禁裏より御八講の勅」があったと云うのが、応和三年の宗論《しゅうろん》の時を指すのだとすれば、それは大師が五十二歳の年に当り、その時分にも母はまだ乳野でなく、郷里にいたことになるのである。ついでながら、出家した大師が始めて母を訪れた時、母が大豆を炒って大師をもてなしたと云う話は、矢張三川村の家での出来事ではないのであろうか。又光圓師の談話にある「箸豆《はしまめ》」の話、――大師が母の供する豆を遠くから箸で受け留めて食べたと云う逸話は、何かの書物に載っているのか、或は民間の云い伝えに過ぎないのか、私は出所を詳《つまびら》かにしないのであるが、たゞそれと非常によく似た逸話が、宇治拾遺物語《うじしゅういものがたり》と古事談《こじだん》とに載っているので、或はそれの聞き誤りか作り替えではないであろうかと思うのである。宇治拾遺のは巻四の最後の項、「慈恵僧正戒壇築《かいだんきづき》たる事」と云う条にあって、次の如くである。――

これも今はむかし、慈恵僧正は近江国浅井郡の人なり、ゑい山の戒壇《かいだん》を人夫かなはざりければ、えつかざりける此《ころ》、浅井の郡司はしたしき上に師壇にて仏事を修する間、この僧正を請じ奉りて、僧膳のりょう（料）に前にて大豆をいりて酢をかけゝるを、なにしに酢をばかくるぞととはれければ、郡司いはく、あたゝかなる時酢をかけつれば、すむづかりとてにがみてよくはさまるゝ也、しからざればすべりてはさまれぬなりといふ、僧正の曰く、いかなりともなじかはさまぬやうやあるべき、なげやるともはさみてくひてんとありければ、いかでかさることあるべきとあらがひけり、僧正かち申なば異事《ことごと》はあるべからず、戒壇を築て給へとありければ、やすき事とて煎大豆を投やるに、一間計《いっけんばかり》のきてゐ給へて、一度もおとさずはさまれけり、見るものあざまずといふことなし、柚のさねのたゞいましぼり出したるをまぜて、なげてやりたるをぞ、はさみすべらかしたまひけれど、おとしもはてず、またやがてはさみとゞめたまひける、郡司一家ひろきものなれば、人数をおこして不日《ふじつ》に戒壇をつきてけるとぞ

これは大師が叡山に戒壇を築こうとして、人夫を集められないで困っている時、浅井郡の郡司が人数を寄進して漸《ようや》く築くことが出来た由来の物語であるが、古事談の記事もこれと全く同じで、文章の字句も殆ど違っていない。光圓師の「箸豆」の話は、郡司が母に変っているだけなので、此の記事から換骨奪胎したもののように考えられるが、或は又、別に大師が母のところでもその曲芸を演じて見せた事実があるのかも知れない。

但《ただ》し宇治拾遺の記事には、光圓師の話にない面白い事実が二つ加わっている。一つは大豆に柚子《ゆず》の核を交ぜて投げたら、ちょっと受け損じたけれども、それをも落ちきらないうちに挟み上げたと云うことで、今一つは、大豆を炒って酢をかけると、「すむづかり」と云うものになって、箸で挟み易くなると云うことで、それを「にがむ」と云っている。これは私には初耳だったので、大豆をそう云う風にすると果して「にがむ」と云う現象が起るものかどうか、京都の或る有名な料理の専門家に質《ただ》してみたが、その人も全然知らないと云う答であった。今試みに「すむづかり」と云う言葉を引いて見ると、大言海には出てい

ないが、言泉に、「酒粕《さけかす》を擂《す》りて漉《こ》したるものと、大根おろしのしぼりたるものと、熬《い》りて酢をかけたる大豆との三種を交ぜて煮、醤油を加へて、味を調《ととの》へたる食品」とあって、用例には矢張《やはり》古事談のこゝの所が挙げてある。されば昔はこう云う料理があったのに違いないので、そのうち私は一度実験して見ようと思っている。

なおもう一つ、光圓師は「箸豆」の語の起源が大師の此の逸話にあるように説かれ、「後世手先の器用な人のことを『箸豆』と云う」と云っているが、読者諸君の多くも御承知であるように、普通われ〳〵は此の語をもう少し下品な意味に使っているので、大師のことを箸豆と云ったら何だか可笑《おか》しくひゞくのである。

その四

此の物語は大師と母との関係を叙《じょ》するのが目的であって、大師その人のことはただ母との関連に於いて触れようとするだけであるが、それにしても大師が実際にどれほど偉い人物であったかと云うことは、遺憾《いかん》ながら天台宗の僧侶でない私などには正直のところよく分らない。伝教や弘法の偉さは宗旨以外のわれ〳〵にも多少窺《うかが》い知ることが出来るけれども、元三大師の場合は、古来の伝記を読んで見ても、たとえば疫病神《えきびょうしん》を弾《はじ》き出したとか、法華三昧堂《ほっけざんまいどう》で燧《ひうち》の霊験を現わしたとか、梵網《ぼんもう》の戒文を唱える時に口から光が耀《かがや》き出たとか、五壇の御修法《みしゅほう》を勧めた時、寛朝僧正は降三世明王《ごうざんぜみょうおう》の姿と現じ、大師は不動明王と現じたとか、那智山《なちさん》で龍に化して見せたとか、大師がいかに偉かったかと云うことを説くために、余りにも愚かしい事や荒唐無稽《こうとうむけい》な事を挙げて例証としている傾きがあるので、われ〳〵はただ馬鹿々々しい気がするばかりである。又伝記の作者の中には、大師が村上冷泉円融《むらかみれいぜいえんゆう》諸帝のなみなみならぬ尊敬を受け、在世中から三朝の天子に「叡山の大師」と呼ばれたこと、小一条太政大臣忠平《ただひら》や、九条右大臣師輔《もろすけ》や、堀川太政大臣兼通《かねみち》や、その弟の兼家《かねいえ》等に帰依されたこと、行基菩薩《ぎょうきぼさつ》以後、纔《わず》かに空海が死後に於いて大僧正《だいそうじょう》になった前例があるだけなのに、大師が在世中に大僧正に任ぜられたこと、等々を挙げている者もあるが、それは大師の学徳が高く、法器《ほうき》がすぐれていたからでもあろうけれども、一つには大師の人柄に、時の皇室や貴族の気に入り、彼等の趣味に合致するようなところがあったのではなかろうか。もしほんとうに大師が法皇の落胤であったのなら、そう云うことも大師が世間から重んぜられ、皇室の殊遇《しゅぐう》に浴するのに与《あずか》って力があったことと考えられる。大師の仏教史上に遺《のこ》した功績など、云うものも、私のような門外漢の眼から見ると、要するに平安朝の貴族仏教の最盛時に生れ、俗世間の権門《けんもん》と結託して比叡山の物質的繁栄と豪華とを持ち来たしたと云うこと以外に、これと云う仕事を成し遂げたようにも思われない。たとえば燧の霊験と云うのはどんなことかと云うと、――

同（天暦）八年九条右丞相《くじょううじょうしょう》楞厳《りょうごん》ノ峰ニ登ツテ大師ヲ欽仰《きんぎょう》シ、地勢ヲ歴覧シテ忽《たちま》チニ念願ヲ発シ、三昧堂ヲ草創ス、丞相大衆ノ中ニ於イテ自ラ石火ヲ敲《う》チテ誓ツテ曰ク、願ハクハ此ノ三昧ノ力ニ依ツテ将《まさ》ニ我ガ一家ノ栄ヲ伝ヘ、国王国母太子皇子槐路《かいろ》棘《きょく》位《い》栄華昌熾《しょうし》ニシテ踵《きびす》ヲ継イデ絶エズ、朝家《ちょうか》ニ充衍《じゅうえん》センコトヲ、若《も》シ素願潜《ひそ》カニ通ジテ適《まさ》ニ鏡谷ノ応《こたえ》アラバ、敲ツ所ノ石火三度ニ過ギザラント、而《しか》ルニ効験アリテ一敲ノ間ニ忽焉《こつえん》トシテ火ヲ出ス、在々ノ緇素《しそ》盡《ことごと》ク以テ抃躍《べんやく》ス、丞相手ヅカラ灯ヲ挑《かか》グ、蘭颴ノ影棘誠ニ応ジテ昭晰タリ、是ヨリ丞相ノ家門英雄角ノ如クニ存シテ本願ニ違《たが》フコトナシ、便《すなわ》チ此ノ堂ヲ以テ和尚ニ付属ス

横川中堂　本尊は円仁作の聖観音。脇侍は毘沙門天と不動尊。良源の発想で三尊形式で祀る。拝観可能。この中堂は横川の本堂に当たる。船に見立てられた舞台造り。堂の中央部が二メートルほど下がっていて、そこに本尊が坐す。

これは僧正伝の一節であって、天暦八年（或は云う、天慶九年）に九条右大臣師輔が横川の楞厳院に法華三昧堂を造り、自ら衆人環視の中で燧を以て誓を立てた、その誓と云うのは、願わくは此の三昧の力に依って自分の一家が末長く栄えますように、そして自分の子々孫々から代々の天子、皇后、皇子、大臣、公卿たちが続々と出て繁昌し、我が一族の者共が朝廷に充ち溢れますように、と云うことで、もし此の誓願が叶いますものならば、その証拠として、私が今こゝで、三度燧石《ひうちいし》を敲《う》ちますから、三度のうちに必ず火を出さしめ給え、と、そう云って師輔が燧石を敲ったら、効験あらたかに、最初の一と敲ちで忽焉《こつえん》として火が出たので、満場の僧俗どもが悉《ことごと》く手を拍《う》って踊躍《ゆやく》した、そこで右大臣も大いに喜んでこの三昧堂を大師に寄進した、と云うのであるが、斯様《かよう》な話は藤原氏が専横を極めた時代なら兎も角、後世の人が読むと何となく奇異の感を催す。三度敲つうちに火が出るようにと祈って、たまたまその通りになったからと云って、願いが聴かれた証拠であると考えるのも馬鹿げているが、その願いと云うのが全く利己的で、自分の一家が栄えさえすれば他人はどうなってもよいと云わんばかりのものであって、斯様な得手勝手《えてかって》な大臣の、貪婪《どんらん》飽くなき権勢欲の実現のために法力《ほうりき》を示したり、その謝礼として堂塔の寄進を受けたりするような坊さんは、あまり人をして崇敬の念を起さしめない。

天台座主記に拠ると、大師に座主の宣命《せんみょう》が下ったのは康保三年八月二十七日で、その同じ年の十月二十八日の夜に火災があり、講堂、四王院、延命院、法華堂、常行堂、文殊楼等の堂宇が消失したが、「即日ヨリ始メテ造立ノ計ヲ企テ」たとある。そして同四年四月のうちに法華堂を造り畢《おわ》り、八月以前に常行堂を造り畢り、安和二年に文殊楼を虚空蔵の峻嶺に造立した。ついで天禄元年四月二十一日に再び火を失して惣持院が焼亡したが、直ちに宝塔並びに門楼の仮屋を作営して翌年の四月には恒例の舎利会《しゃりえ》の事を行い、以後年を逐うて灌頂真言《かんちょうしんごん》の両堂、四面の廻廊等を造り、同二年には講堂の檜皮葺《ひわだぶき》を葺き畢って新造の仏像を安置し、以前は五間四面《ごけんしめん》の堂であったのを新たに七間四面にした。天延三年には慈覚大師の法界房を改造し、阿闍梨の房、並びに雑舎、宝蔵、大衆の屋等を造り、その年から始めて正月十四日大師供《だいしぐ》の事を行うようにし、又横川の中堂を改造して等身の不動明王の像を造り、大会《だいえ》を設けてこれを開眼した。貞元二年四月の舎利会《しゃりえ》には七宝《しっぽう》の塔二基並びに輿《こし》等を営作し、八部衆の装束三十余襲《かさね》、堂荘厳の具を新調し、ついで神楽が岡の西、吉田社の北に重閣の講堂を建立し、雑舎数字を結構したが、これは山に登ることを許されない女人たちをして如来の舎利を礼拝し、仏縁を結ばしめんがためであった。天元二年四月には地主三聖の祭事を荘厳《しょうごん》するために唐崎の神殿一宇、鳥居一基、廻廊二宇、雑舎四宇等を新造し、かねて又宝輿《ほうよ》一基とそれに付属する帷帳《いちょう》、障子、赤綱、駕輿《かよ》、装束二十具を営作し、供奉《ぐぶ》の伶人《れいじん》二十余人をして竜頭鷁首《りょうとうげきす》の船に乗って富津《とつ》の浜より唐崎に至り歌舞の妙曲を竭《つく》さしめ、終日楽を奏せしめた。

又同じ年に西塔の常行堂で不断の念仏を勧修し、宝塔並びに宝幢院の経蔵鐘堂を造り、釈迦堂の礼堂、縁橋等を造った。又根本中堂は天元々年から孫庇《まごびさし》、廻廊、中門等を造り加えつゝあったが、同三年には先ず前唐院を造り、根本経蔵宝蔵を移築した。これは中堂の廻廊や中門を造るのに平地が少かったので、南岸の土を以て北谷を埋めるためにそうしたのであった。猶その年に九間四面の食堂《じきどう》、七間二面の雑舎を造った。同四年には東塔の常行堂を改造し、本堂を八部院堂の地に移し、勅使房、政所屋、浴室等を造った。永観元年には前右大臣師輔の子、時の右大臣兼家が父の志を継いで大師を尊崇し、横川に伽藍《がらん》を建立して恵心院と名づけた。その翌年、即ち大師入滅の年の前年にあたる永観二年には西塔に宝幢院を造ったが、僧正伝はその時の逸話を記して曰く、——

永観二年西塔ノ宝幢始メテ土木ノ功ヲ営ム、爰《ここ》ニ露盤宝鐸《ろばんほうたく》ニ須《もち》フルトコロノ黄金其ノ足ラザルトコロ三十二両ナリ、和尚素《もと》ヨリ資貯ナシ、唯仏力《ただぶつりき》ヲ仰グ、然《しか》ル間《あいだ》奥州ノ刺史藤為長《ふじわらのためなが》書信ヲ送ツテ曰ク、近曽《このごろ》テ賊国分寺ヲ闢《ひら》イテ金泥ノ大般若経ヲ掠メトリ、更ニ野外ニ於イテ経ヲ焼イテ金ヲ取ル、寺主コレヲ認メテ追補シテ、黄金三十二両ヲ得タリ、畢竟ノ文畢空ニ帰スト雖《いえど》モ、残ルトコロノ金ヲ仏事ニ充テント欲ス、仍《すなわ》チ行李ヲ差《つかわ》シテ敢テ以テコレヲ進送スルモノナリト、造塔不足ノ金自ラ此ノ数ニ叶フ、千里ノ合信ニ満山《まんざん》驚歎《きょうたん》ス、便《すなわ》チ件《くだん》ノ金ヲ以テ塔婆ヲ荘厳ス

と。先には戒壇を築くために箸豆の曲芸を演じて浅井郡の郡司から人夫の寄進を受け、今度は露盤や宝鐸の黄金が足らなかったのを、陸奥の国司の贈与に依って成し遂げたりしているが、大師が座主として叡山を総攬《そうらん》していた十九年の間と云うものは、殆ど絶えず土木工事や建築工事を起していた訳で、それは座主になった年から死ぬ前年まで続けられた。されば承和五年以来たび〳〵の失火で数十の堂宇が壊滅し、全山荒廃を極めていたのが、大師に依って着々と昔日の盛観を取り戻すようになったので、僧正伝は、「造ル所ノ堂塔一山ノ上已ニ太半ニ及ブ、雲ノ如キノ構ヘハ日ナラズシテ成リ、山ヲ剗《き》リ谷ヲ塞ギ、鬼ヲシテ為サシムルガ如シ、時ノ識者僉然《せんぜん》トシテ云フ、和尚徳広ク覃《およ》ブ所較量スベカラズ、是レヨリ徒衆彌々《いよいよ》順フコト譬ヘバ猶屋ノ上ニ居テ瓶ノ水ヲ建《こぼ》スガ如クナラン、誰カ知ラン伝

教大師再ビ茲《こ》ノ山ニ来リテ重ネテ我ガ寺ヲ興シタマフト」と云い、天台座主記も亦《また》同じような讃辞を述べている。

大師が僧の褊衫黒衣《へんざんこくえ》を改めて、白い絹の法衣《ほうい》、所謂素絹衣《そけんえ》を着るような制度を作ったことは、光圓師の談話にもあった通りで、定珍の撰した素絹記に依れば、「褊衫黒衣ハ壊色《えしき》ナルガ故ニ天子本命ノ寺ニ応ゼズ、今ヨリ已後《いご》ハ壊色ヲ改メテ衆僧宜《よろ》シク素絹衣ヲ著《き》ルベシ」と云うのが大師の意見であった。素絹衣と云うのは、公卿の官服に準じた僧の官服とも云うべきものであって、大師は此の制度を始めるのにわざ〳〵朝廷の認可を乞い、勅許を仰いで決定したので、「純然たる官僚仏教の服装であります」と光圓師も云っている。それも最初は「天子本命ノ寺」である叡山の僧侶のみが着ることを許されたのであったらしく、「誰仁《たれびと》カ王命ニ違《たが》ヒ、何ノ宗カ院宣《いんぜん》ニ背《そむ》キ、濫《みだ》リニ自他ノ威儀ヲ混ジテ恣《ほしいまま》ニ素絹ノ上表ヲ着《ちゃく》センヤ」と、素絹記は云っている。もと〳〵世捨て人であるべき僧侶が役人の真似をして天子から官服を賜わったり、それを誇りにしたりすると云うことは、われ〳〵にはちょっと納得の行きかねる心事《しんじ》であるが、叡山では大師に左様な勅許が下ったことを光栄に感じ、大師を徳としていたらしく、「夫《そ》レ素絹衣着服ノ濫觴《らんしょう》ハ天台ノ貫主良源大僧正、芳契《ほうけい》ヲ応和ノ天帝ニ結ビ、佳名ヲ村上ノ雲井《くもい》ニ揚グ、恭《うやうや》シク勅許ノ印文ヲ披《ひら》イテ、忝《かたじけな》ク素絹ノ衣服ヲ賜フ、総ジテハ叡峰ノ美目ニシテ、別シテハ大師ノ名誉ナリ」など、云っているのである。

こう云う風に見て来ると、大師が非凡な経営の才と政治的手腕を持っていたことは明かで、此の人が後世天海僧正のような豪傑僧に崇拝され、「両大師」として併《なら》び称せられるに至ったのも偶然ではないと云うべきであろう。たゞこう云う型の坊さんは、いかに偉くても何となく俗っぽいように思われて、心から追慕する気にはなりにくいのであるが、平安朝初期頃の、貴族仏教が興隆せんとする時代に方《あた》っては、坊さんとして斯様な偉さを持つことが、一往《いちおう》必要であったのかも知れず、最澄や空海にも矢張《やはり》斯様な一面があったのであろう。大師は又仏教学研鑽の方法として門弟たちに盛んに論議を行はしめ、始めて山に広学堅義《こうがくりゅうぎ》の制を設けた。広学堅義と云うのは、一定の法式に従って勅使や探題の立会いの下《もと》に問う者と答える者とが相対《あいたい》し、互に議論を闘わして勝負を決するのであって、そのために叡山が仏教各宗の道場となり、恰《あたか》も総合大学の如き観を呈するに至ったのだそうであるが、しかし勢《いきおい》の赴《おもむ》くところ、真理を探求することよりは勝負に勝つこと、論敵を云い負かすことの方に熱中しがちになり、悪くすると単なる雄弁家《ゆうべんか》や詭弁家《きべんか》が尊重される結果になりはしなかったであろうか。現に大師その人が論難攻撃の大家であり、博弁宏辞《はくべんこうじ》を弄《ろう》する人であったことは疑いもなく、有名な応和の宗論の時なぞは、叡山側の覚慶が南都の法蔵に説破せられ、味方の敗色が濃くなったのを視るや、自分の出るべき番でもないのに飛び出して行って覚慶に代り、法蔵と舌戦したりしている。

此の時は村上天皇が清涼殿に於いて五日間に亙《わた》り法華八講《ほっけはっこう》を催し給うて、南北の名僧二十名を召され、朝夕の二座に分けて議論せしめられたので、法蔵と覚慶との論戦は第二日の夕座であり、大師は第三日の朝座を勤める筈であったが、法蔵の詞弁が鋭く、覚慶が言語に窮するのを見て、大師は歯咬みをして口惜しがった。――「慶ガ屈スルヲ聞キテ、歯を咬ミテ而シテ出ヅ」と景茝《けいし》の大師伝は記している。斯くて大師と法蔵の勝負は夜が更けても決せず、翌朝再び続けられたが、大師の舌鋒《ぜっぽう》の烈《はげ》しさは前日に邁《まさ》り、遂に法蔵は「口ヲ鉗《かん》シテ言《ものい》ハズ」で、「子ノ弁富楼那《ふるな》ニ似タリ、我豈《われあに》当ル可《べ》ケンヤ」と云うに至ったとある。

こんなところはスポーツの記事でも読むようであるが、大師が一面に於いていかに敵愾心《てきがいしん》の強い、闘志満々の人であったかの証明にもなるような気がする。

大師の満々たる闘志については猶《なお》もう一つの例がある。十訓抄の第四可㆑誡㆓人上㆒事の条の雅縁誹㆓謗良源㆒受㆑報事の項に、雅縁阿闍梨と聞《きこ》えし人何の意趣か有《あり》けん、慈恵僧正を濫行肉食《らんぎょうにくじき》の人たるよし無実を申付たりけり、慈恵此事《このこと》を聞て憤《いきどお》りて、起請《きしょう》を書て三塔に披露せらる、其詞云《そのことばにいう》、若破戒無慙《もしはかいむざん》にして天台座主に任ぜしむといはば、恐くは狐疑を先賢に遺し、狼藉を後輩に致さん者歟《かな》、依之今三宝に向奉りて此事を披陳す

とかゝれたりける、そのゝち雅縁三塔を走めぐりて、浄行持律の人に空言を申付たるむくひとて、くるひありきけるとぞ、これも又物を難じてあしきたぐひなりけり

古今著聞集巻十六にも同じことが載っていて、これとほぼ同文であるが、起請と云うことは此の時の大師から始まったのであるとして、一種の変態的漢文とも云うべき文体でしたゝめられた起請文の一節が、原文のまゝ引用してある。だが、「もし破戒無慙にして天台座主に任ぜしむといわば」などゝ云う文句のつけ方も気障《きざ》であるし、天台座主とも云われるような身分になったら、たまに一人や二人の人間が根も葉もない悪口を云い触らしたからと云って、そうむきになって腹を立てたり釈明したりせず、笑って捨てゝ置くくらいな度量があってもよさそうなものだのに、こう云うところは後世の禅坊主などの方がずっと洒脱《しゃだつ》である。

元三大師の墓所　鳥居を潜ると御廟がある。最澄の御廟を「ごびょう」と呼称するのに対し、元三大師の御廟は「みみょう」と発音する。

叡山に僧兵を養うようになったのも大師が始まりであると云う説については、それを肯定する資料も否定する資料もあって、よく分らない。山家要記浅略《さんけようきせんりゃく》の衆徒武門事《しゅとぶもんのこと》と云う条には、「慈恵大師御治山ノ時、彼ノ御釈ニ云フ、文ナケレバ則チ上ニ親シムノ礼ナク、武ナケレバ則チ下ヲ威スノ徳ナシ、故ニ文武相兼ネテ天下ヲ治ム、爰《これ》ヲ以テ愚鈍無才ノ僧侶ヲ抜イテ、武門一行ノ衆徒トナス云々」と云う記載があるが、大師自身が書いたと云われる二十六条式の一条には、「応《まさ》ニ兵仗《へいじょう》ヲ持チテ僧坊ニ出入シ山上ヲ往来スル者ヲ尋ネ捕ヘテ公家ニ進ズベキ事」の項があり、

「兵器は是レ在俗武士ノ持ツトコロ、経巻ハ是レ出家行人ノ翫《もてあそ》ブトコロ、在俗ノ士ハ設《たと》ヒ経文ヲ学ブトモ出家ノ人何ゾ兵具ヲ用ヒンヤ、就中《なかんずく》我ガ山僧ハ念々ニ円融無作ノ教理ヲ修習シ、歩々ニ済度ノ慈悲ニ安住ス、（中略）何ニ因ツテカ十悪放逸ノ人ニ類シ、三途苦毒ノ業ヲ造ラン」と、前者と全く矛盾したことを云っている。後者の方が年代や作者から見て一層信ずるに足り、云っていることも道理正しいのであるから、むしろ僧兵を禁遏《きんあつ》したのが大師であると解すべきであるかも知れないが、果して実際はどうであったろうか。「聞クガ如クンバ或ハ僧等党ヲ結ビ、群ヲ成シテ恩ヲ忘レ怨ヲ報ジ、懐中に刀剣を挿著シテ　恣《ほしいまま》ニ僧房ニ出入シ、身上ニ弓箭《きゅうせん》ヲ帯持《たいじ》シテ猥《みだ》リニ戒地ヲ往還し、傷害意ニ任スコト彼ノ屠児ニ異ナラズ」と云い、「一宗ノ恥辱、三宝ノ澆醨《ぎょうり》、愁吟山ヲ動カシ、謗毀《ぼうき》世ニ喧《かまびす》シ、是レ則チ或ハ師長弟子ノ悪行ヲ呵責セズ、或ハ弟子師長ノ教戒ニ随順セザルガ故ナリ」と云うのが当時の叡山の堕落した実状であったとすれば、なか〳〵一片の禁令ぐらいでは効果がなかったであろうし、到底制止しきれないものなら、陽には形式的な禁令を出して体裁を取繕《とりつくろ》い、陰には武力を養成して政治的野望を遂行する具に供する方が、或は「愚鈍無才ノ僧侶」を活用する道であったかも知れない。兎に角大師が戦闘的な性格を持った人柄であることを思う時、僧兵の発頭人を大師であるとする説の生れるのにも、何か理由があるのではないか、と云う疑念が湧かないでもない。

大師は花山天皇の永観三年正月三日の卯の時、七十四歳にして機縁茲《きえんここ》に尽き、口に弥陀を念じ心に実相を観じつゝ静かに三昧《さんまい》に入るが如くにして入寂《にゅうじゃく》したのであったが、紫雲棚《しうんたな》引《び》き異香薫《いこうくん》ずる等の種々な瑞祥《ずいしょう》が現れて、観《み》る者をして嘆ぜしめた。さてその後弟子たちが経蔵を開くと、大師の手書《しゅしょ》一巻があるのを発見した。それは去る天暦三年七月、大師生年三十八歳、夏臘《げろう》（出家してからの年数）二十二歳の時、摩訶止観《まかしかん》の六即に擬する六種の大願を発したことがあって、その時の願文《がんもん》なのであったが、中にいろ〳〵と自己に対する不満や反省が述べてあり、年来胸中に鬱屈する宿望が披瀝されていたのであって、その一箇条にこんなことが書いてあった。——

夏臘十二三ニシテ菩提心ヲ発シ、将《まさ》ニ名ヲ南山ノ南ニ逃レ、跡ヲ幽谷ノ幽《ふか》キニ剗《た》タントセリ、而《しか》レドモ老母堂ニ在リ、水菽《すいしゅく》未ダ酬《むく》イズ、仍《よ》ツテ塵巷ニ交ツテ暫ク晨昏《しんこん》ヲ致シシガ、幼年ノ間ハ論議決択ノ場ニ詞ヲ争ヒ智ヲ闘カハシテ罪過ヲ犯シキ、夏臘共に長《た》ケテヨリ以来、外ハ名ヲ衒《てら》フノ人ニ似タレドモ内ニハ法ヲ弘ムルノ思ヒヲ秘メテ、偸《ひそ》カニ願念ヲ発シテ曰ク、十方ノ諸仏《しょぶつ》願ハクハ頑質ヲ擁護シ、一切ノ聖衆願ハクハ羊僧ヲ加持シタマへ、我ト論ヲ交ヘ議ヲ決センノ輩《ともがら》ハ永ク貪瞋癡《どんしんち》ヲ離レヨ、仮使《たと》ヒ我負処ニ堕ストモ他ヲシテ負処ニ堕セシメジ、又願ハクハ我ガ問答ヲ聞カン者ハ菩提心ヲ発シ、共ニ仏種ヲ植エン、乃至不見不聞ノ輩モ我ガ念願ニ随ヒテ同ジク妙果ヲ攀《よ》ヂン云々

これで見ると大師自身も、徒《いたずら》に口舌《こうぜつ》の勝負を争うことの浅ましさを感じていたのは明《あきら》かで、叡山に於ける僧院生活を指して「塵巷ニ交ハル」と云っており、論議の時には自分は負けても他人を勝たしたいと云っているが、何かの折には跡を幽谷に晦《くら》ましたいような気持も、満更《まんざら》しないではなかったことが分る。

その五

私は此の小篇を書くについて、出来れば元三大師出生の地である江州虎姫《とらひめ》村大字三川《みかわ》の玉泉寺を訪ねても見たく、又饗場氏の後裔で東京に現住していると云う歯科医の某氏などに

も会って見たかったのであるが、近頃頓《とみ》に年老いて体を動かすのが大儀になり、殊に旅行には疲れ易くなっているので、ついその希望を果たさずにしまった。が、此の物語に最も深い関係のある乳野《ちの》の里へは、幸い京都から日帰りで行ける距離にあるのと、沿道の湖岸の眺望に心を惹かれたのと、光圓師の門弟や知人の人々があの辺に多く住んでいて、いろいろな便宜があるところから、今年の五月某日のよく晴れた日に、光圓師に東道《あんない》の労を願って出かけて行った。

乳野は現今の区画に従えば、滋賀県滋賀郡雄琴《おごと》村に属する「千野《ちの》」と云う字《あざ》であって、乳野の地名を知らない人でも、雄琴と云えば鉱泉《こうせん》の湧く所として、京都辺の人は大抵知っているのである。由来京阪付近は適当な浴泉地に恵まれていないので、冷泉とは云え京都の傍の琵琶湖を見晴らす形勝の地に雄琴のような所があるのは珍重されてよく、温泉好きの私は前から一遊を試みたいと思っていたのであるが、なか〳〵そう云うことにも明るい光圓師の話だと、近頃外人にも日本人にも向くような気の利いたホテルなどが出来、料理その他の設備万端も行き届いていると云うことなので、実は此の機会にそのホテルへも寄ってみたかったのであった。で、私達は三条大橋から電車で浜大津《はまおおつ》に出、そこから雄琴までハイアを飛ばした。此の辺の景色は昔何回か遊んだ記憶があり、眼に馴染んでいる筈《はず》だけ

昔の「をごとおんせん（雄琴温泉）」駅

れども、それはもう遠い既往《きおう》のことに属し、その間に大戦争があったりしたので、可なり様子が変っている。私たちが今車を走らしているドライブウェイなども以前はなかったようであるが、その左側に、ゆったりと大きな裳裾《もすそ》をひろげた比叡山麓のスロープには、点々と進駐軍の住宅が建ち並んでいて、ちょっと箱根の仙《せん》石原《ごくはら》の別荘地帯に似た洋風の部落を形作っており、坂本を出はずれて少し行ったあたりには、競技場のスタンドが出来、折柄《おりがら》競輪だか競馬だかの催しで賑わっている。たゞ変らないのは右手の方の湖上の眺めで、遙かに唐崎から堅田《かたた》の方へかけ、さざ波立った水の面に魞《えり》*が蜿々《えんえん》とつづいているさまは、昔ながらの景色である。車は江若線の雄琴駅の少し手前から、左の方の坂路を上ってホテルの玄関に横づけになった。私はいつも江若線で此処《ここ》を通る時に、どんな旅館があるのか

移築された麩屋町《ふやちょう》に在った「澤文」。昭和十五年当時の古い写真。雄琴では「國華荘」と名を変えた。昔の面影はないが、現在も「びわ湖花街道」として営業。

と思って窓から此のあたりを見渡したものだが、その時分にはもっと山の上の方に下宿屋じみた温泉宿が一軒建っていただけで、こう云う堂々たる構えの家はなかったのであった。

光圓師から予《あらかじ》め手配してあったものか、ホテルでは私たちの来るのを待ち受けていたらしく、直ぐ三階の見晴らしのよい座敷に案内してくれた。聞けば此の家はもと京都麩屋町《ふやちょう》にあった旅館の澤文《さわぶん》の建物を、こゝへ移したものだそうで、終戦後暫《しばら》く進駐軍に接収されていたのが、近頃返却されたのであると云う。そう云われゝば木口《こぐち》なども適当に時代を帯びていて、いかにも旧い京都の町のものらしい落ち着きのある普請《ふしん》である。外人が接収していた間に天井にニスを塗った痕《あと》のあるのが惜しいけれども、床柱や縁側にまでペンキを塗られたりすることがあるのを思えば、先ず我慢しなければなるまい。それに一方から云えば、接収されたお蔭で煖房その他の設備が整い、庭にプールなども作られ、寝台のある部屋なども出来、返還後もなお外人の泊り客が絶えないそうであるから、利得を受けている点も少くはない。

着いたのは朝の十一時過ぎ頃で、私のつもりでは何を措《お》いても今日の第一の目的である乳野の安養院を訪《おとな》い、見るべきものを見てしまってからもう一度このホテルに戻り、然る後にゆっくりと鉱泉に漬かって一盞《いっさん》傾けようと云う腹であったが、いや、それよりも先に一と風呂浴びて汗を流し、昼食をしたゝめてから出かけましょう、今日は先生お一人ではなく、奥さんやお嬢さんや御令妹も御一緒かと思って、そのように申して置きましたので、宿では腕に撚りをかけて特別の御馳走を用意しているそうですからと、光圓師は云う。何だか遊山《ゆさん》に来たのだか下調べに来たのだか分らないことになりそうで、私はちょっと不本意であったが、(こう云うことがあるので、旅行は余程《よほど》気の合った同士出かけるのでなければ、むしろ単独に限るのである) そのうちに案内役のA君やB君も見える筈ですし、B君に自動車を頼んでもあるのです、近い所ですが山路ですから、と云われて、結局師の意見に従うことになり、浴衣に着換えて風呂場へ出かける。湯は濁っていると云う程ではないが、ちょうど垢で薄よごれがしたくらいに、やゝ透明さを欠いていて、肌ざわりの非常にぬるぬる

六角足湯　おごと温泉駅の前にしつらえられている。奇瑞の湯。

した鉱泉である。師の話に、昔師が或る学校の教師をしていた頃、学校中に疥癬《かいせん》が流行って師もそれに感染し、全身の皮膚が侵されて甚《はなは》だ難渋《なんじゅう》したことがあったが、人に教えられて此処《ここ》の湯に漬かりに来たところ、数日にしてきれいに快癒した。左様に此の鉱泉は皮膚病に顕著な効験があるが、その最も利き目のあるのは、余り長く熱を加えず、わずかに熱くなったばかりの時であると云う。

一浴後の食卓には、鯉、鰉《ひがい》、鰻等々琵琶湖産の川魚料理の外に、海魚の刺身酢の物等数多く出て、なるほど、結構ではあるが昼食には少し勿体《もったい》ない献立である。今春聴の説に依ると、叡山で修行をした坊主は皆したたかな酒喰《くら》いになる、何しろ冬の真っ最中にあの山の僧坊にいて加行《けぎょう》などをすると、とても寒くてやり切れたものではないので、誰でも酒飲みにならざるを得ないのだそうであるが、光圓師も御多分に洩《も》れず相当に行ける。初夏の暑い日のことではあり、これから山登りがあることを考えて、私は加減していたが、師はビールも可、日本酒も亦《また》可ならざるにあらずである。ほんとうは孰方《いずれ》がお好きなのですか、と問うと、実はウィスキーが一番好きですとの答に、ウィスキーもございますから、と云うことになり、ついでに昨今流行のコカコラが運ばれる。これは何ですかと、流石《さすが》の師もコカコラは初めてらしかったが、これはこうしてお上《あが》りになるのですと、ウィスキーコー

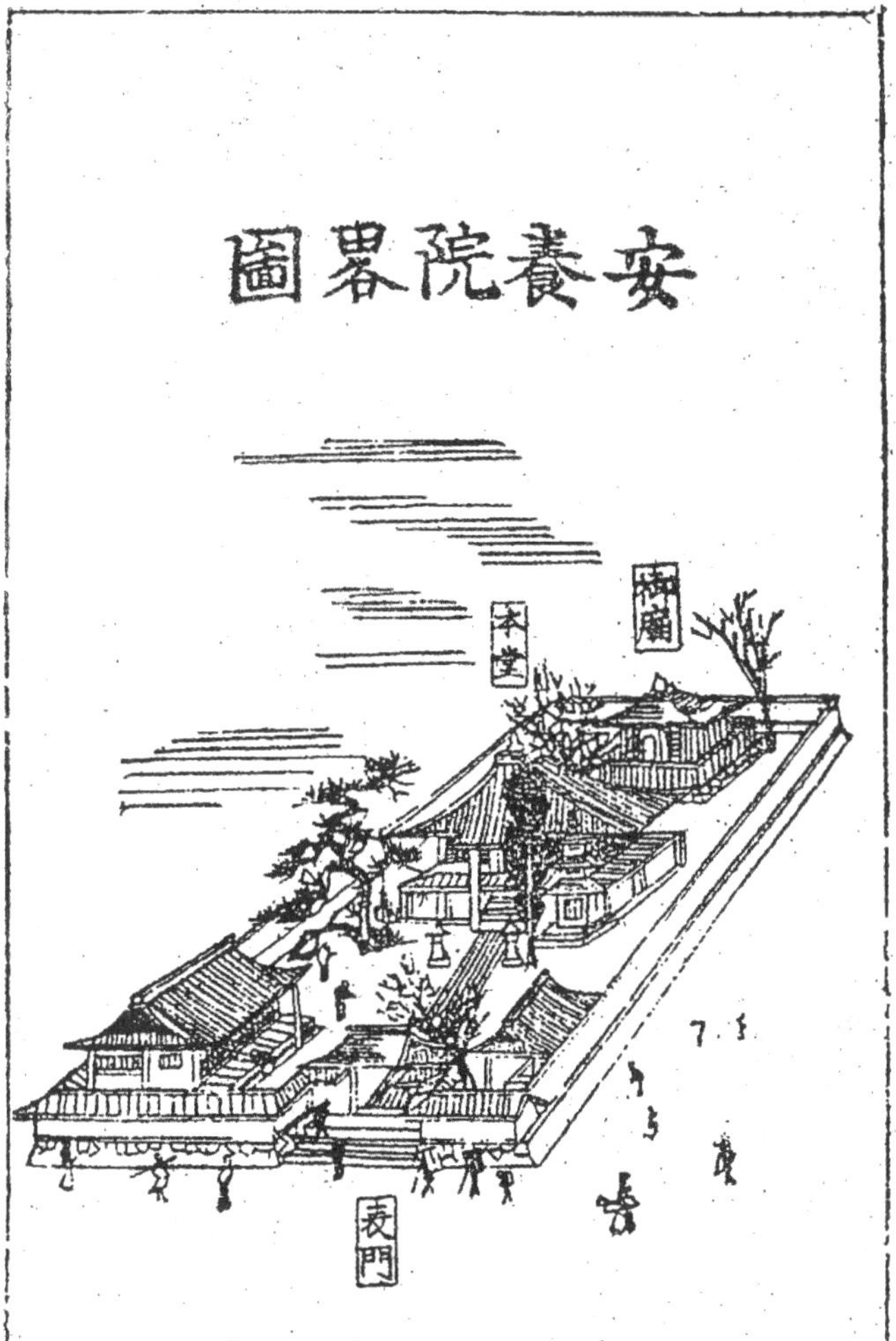

安養院略図　江戸時代の安養院、その姿、現在とほぼ変わらない。木版刷り。

ラを拵《あつら》えてすゝめると、これも悪くはないですなとあって、多々ます〳〵弁じる。やがて、光圓師が少しばかり陶然としかけた頃にA氏とB氏の顔が見えた。A氏は光圓師の法弟で、此の近くの某寺の住職をしているかたわら、村の役場に勤めている人で、B氏は大津の方の警察署長さんであると云う。乳野は此のホテルを出て二三丁のところから山へ這入《はい》り、徒歩でも二三十分の行程だそうで、最初われ〳〵はB氏が都合してくれた自動車で出かけたが、途中でちょっとした事故があり、車が路傍の一段低い畑の中に落ち込んだので、そこから下りて歩くことになった。その瞬間には一同はっとしたけれども、落ちた所が幸い枯枝の積み重なった上だったので誰にも怪我《けが》はなく、途端に残っていた酔いが覚めてはっきりしたし、重過ぎる食事をしたあとでは、却《かえ》って此のくらいな坂路は歩いた方が快適である。昔、比叡山にケーブル鉄道がなかった時代には、横川へ行く者は多く雄琴から此の路を取ったのだそうで、坂道と云っても自動車で通れるほどのよい道であるし、登るに従って湖水の展望が遠くひらけ、近江富士が真正面に、沖の島*がその左に見えて、明るく晴れ〳〵とした気分になる。われ〳〵は歩き出すと間もなく乳野の里に這入ったが、ところ〴〵に農家が二三軒疎《まば》らに点在しているような小さい部落で、本来ならば悲しく侘《わ》びしい感じのする場所であろうが、今は新緑で、その辺一面の柿畑が眩《まばゆ》いようにきら〳〵

安養院妙見堂の入り口に立つ石燈籠。

安養院妙見堂正門。

安養院妙見堂、本堂　背後に月子姫の廟がある。

「妙見菩薩護符」　御利益は、護符に「安産守護之尊像」と書かれているように、まずは安産。版木が残る。安養院蔵。
　この“姿”は、月子姫と妙見菩薩の合体像といわれる。

している。さっきからわれ〳〵の行く手に聳《そび》えていた横川の峰は、もうこゝへ来ると、そのかゞやかしい柿若葉の波の上に、四条の大橋から仰ぐ東山《ひがしやま》程の近さで圧《お》しかぶさっているのであった。
ひとかたまりの農家の家並を抜けた所にしるべの石が立っていて、――「安養院」と刻してあったか、「妙見菩薩堂」又は「安産祈祷」と云うような文字が刻してあったか、今はっきりと記憶しないが、――左へ折れると直ちに土塀のある寺の門前へ出た。門の向う側は矢張ずうっと柿畑で、寺はその柿

「御母公報恩回向法要」 七月六日の安養院最大の行事。良源の母・月子姫の法要が営まれる。雨が降っても、大風になっても、台風でも必ず行われる。通称、夏祭り。

の若葉の中に埋まっている感じである。門をくぐると正面に小さな妙見さまのお堂があり、門からそこへ行く迄《まで》の左側にささやかな庫《く》裡《り》の一と棟がある。住職は予告があったと見えて、私たちを迎え入れて奥の間に請じた。色の白い、小太りに太った、まだ四十代と見える人の好さそうな坊さんであるが、どう云う病気なのか、絶えずぶるぶると首や手足を顫《ふる》わす癖があって、われ〳〵の前に茶を運ぶのに、茶碗をかち〳〵と打ちつけたり茶をこぼしそうにしたりするのが、見ていてまことに気の毒で

「妙見堂霊墓」　月子姫の墓。本堂の裏に坐す。

ある。尤《もっと》もわれ〳〵は前にちょっと此の事を知らされてはいた。「あの住職は物を云うたびに首を振るので、話がしにくいから、君が来て説明して下さる方がよいと思って」と、さっきホテルで光圓師がA君に云っていたのを、傍でわれ〳〵は聞いていたのであったが、A君は此の首を振る住職の前に、こゝで住職をしていたのであった。妙見菩薩と云うのは、即ち元三大師の母、月子姫その人のことなので、彼女の本地《ほんち》が妙見菩薩であったところから、死後その菩薩の名を以《もっ》て此処《ここ》に祀られ、安産の御利

元三大師の御燈明　燈籠の右にあるのが火床。ここで元三大師は母のために火を焚いた。

益があるとして信仰されているらしいのであるが、左様なことはわれわれには格別の興味もない。住職は乳野安養院妙見菩薩御廟縁起と云うようなものを取り出して見せてくれたけれども、内容は既にわれわれの知っている月子姫の伝記であって、文章も拙《つたな》く、徳川時代にあまり教養のない人が筆を執ったような書きざまで、これもそんなに信を措く気にはなりかねる。われわれは又、床の間に妙見菩薩像として、尼姿の月子姫の絵像が懸けてあるのを見た。此の絵も非常に新しく、明治時代頃に此の辺の田舎の絵師が描いたもののようにしか思われないが、でも此の絵像は此の寺の本尊であって、此れと同じものがお堂の中にも安置してあるのだと云うから、恐らく此の図は当時の絵師が空想で描いたのではなくて、何か基づくところがあるのかも知れない。つまり、此のお堂が創建された遠い古い時代に、その頃の仏師に依って生前の尼の面影に似せた絵像が描かれ、それが煤《すす》けたり損じたりする度毎《たびごと》に、原画を模写した新しいものに懸け換えられつつ何遍か描き継がれて来たのではあるまいか。そうだとすれば、画技は拙くても、白衣観音《びゃくえかんのん》のように頭から衣を被った此の尼の姿も、多少拠り所があるかも知れない。だがそれにしても、此れは尼の何歳の時の姿を写したものであろうか、一見した工合ではせいぜい五六十歳ぐらいで、到底九十幾歳と云う高齢の人のようには思えず、且《かつ》容貌が老嫗と云うよりは老翁臭く描かれているのである。

しかし此の地に対する私の興味はもと〳〵そんなことにあるのではない。私は此処へ来て、此の地の実際の地勢を知り、一千年前と変らない筈の自然の風物に、――風の匂や土の色や空の光に親しく触れて見、昔の母が住んでいた趾《あと》に立って、そこから仰がれる横川の峰が果してどのくらいの距離に眺められるかを試して見、昔の母の心持を自分で味わって見たかったのである。幸い当日は此の辺の地理や風俗習慣に通じている村の古老なども見え

戸津説法でのご詠歌奉納　伝教大師最澄の両親に捧げられる。東南寺。ご詠歌はとても大切。元三大師の母の寺・安養院妙見堂では、「御母公報恩回向法要」の最後に「千野尼講」がご詠歌を妙見大菩薩に捧げる。庶民信仰がしっかりと生きている証である。

て、住職やA君など、交々《こもごも》説明の労を取ってくれ、質問に答えてくれたのであったが、横川の大師堂のあるあたりから此の妙見堂の建っている所までは、徒歩で大体一里の里程であり、今もなお山の上に住む大師と麓の里に住む月子姫との、母子の関係を偲ぶ行事が毎年二回、正月二日と八月十六日とに行われていると云う。正月の二日と云うのは、大師の祥月命日が正月三日であるから、恰《あたか》も逮夜《たいや》*に当る訳で、その夜の寅《とら》の刻、即ち三日の午前四時頃に、横川の大師堂に安置する大師像の戸帳を開《かい》扉《ひ》し、山上で合図の焚火《たきび》をする。それと同時に麓の安養院に於いても、大師の母、妙見菩薩の戸帳を開扉するのであるが、乳野の方ではもうその日の夕方から「妙見堂の焚《た》き物おくれやす」と云って子供たちが村々を廻り、薪を貰い集めて来て、宵のうちから堂の前で火を燃やし、老婆たちが大勢堂に寄り合って夜通し御詠歌《ごえいか》*を奉納する。そして山上の火が消えるのを待って、麓の里も火を消して戸帳を閉じ、老婆たちも退散する。

山上の火を焚く所は俗にカマトゲ（？　村の古老たちの言葉は訛《なま》りがあって聴き取りにく、、何度問い返してもカマトゲと云うのであるが、或は「鎌研《かまと》ぎ」などでもあろうか）と云う地名の所で、その火は麓の村々では勿論《もちろん》、遠く東江州辺《ひがしごうしゅうあたり》からも望見し得、その日登山出来なかった信者たちはその火が燃えるのを待って、所在の位置から大師を遙拝《ようはい》する。又その火勢の如何に依って稲作の豊凶を占い、その年の種籾《たねもみ》の準備をするのであるが、火勢の最初に盛んなのは早生《わせ》稲の豊作、中頃に盛んなのは中生《なかて》稲の豊作、終りに盛んなのは晩生《おくて》稲の豊作の兆《きざし》とされている。

八月十六日は即ち盂蘭盆《うらぼん》の精霊会《しょうりょうえ》であって、昔妙見禅尼の死後、大師が年々供養の卒塔《そと》婆《ば》を持って山を下り、麓の里にある母の墓へ参詣をしたであろう当時を想い、大師の滅後も大師の弟子や塔頭《たっちゅう》の住職たちが卒塔婆を携えて代参《だいさん》をしたのが、遂に一つの行事となって今に至るまで繰り返されているのである。当日は、横川の大師堂の執事がお姿のお身代りと称して一文字笠《いちもんじがさ》を被り、脇差を一本差し、大師の御影《みえい》を背負うて卒塔婆を捧持し、大勢の僧侶たちを従えて、午前十時頃までに先ず此の里の古老の家に到着して休息する。と、土地の善男善女共が手に〳〵鈴を持ち、御詠歌《ごえいか》を唄いながら迎えに行くのであるが、その御詠歌の文句は次の如くである。――

うきことも世に住む程のならひぞと
　おもひもよらず何なげくらん

此れは元三大師御詠歌と云うものだそうであるが、何分土地の人々はめい〳〵がたゞ耳で聞いたようにしか覚えていないので、正確なことはよく分らない。最初の五文字も、或る人は「うきことを」と云い、或る人は「うきことの」と云い、「も」と云った人はいない。次の七文字も「よねすむほどの」と訛って云い、「何なげくらん」も「なぜなげくらん」と云ったりしているが、上に掲げたのは私が仮にこうもあろうかと訂正して見たのである。鈴には撞木《しゅもく》が付いていて、それで叩いて鳴らしながら行く。此の御詠歌の行列がお供をして正午頃迄に安養院に着き、妙見堂にある大師の木像の厨子《ずし》の前に（本尊の向って左側の脇厨子である。右側には不動が安置してあって、此れは終日護摩を焚く）此の御影を懸け、一行は庫裡で昼食をしたためる。因みに云うが、叡山の結界は此の付近は湖岸迄になっているけれども、浄結界《じょうけっかい》は飯室《いいむろ》谷から山上へかけてゞあって、乳野一帯は俗結界と云うことになっており、女人禁制の掟はなかったものであると云う。

これらの話を聞き終ってから、われ〳〵は妙見堂の内部を見、堂のうしろにある月子姫の墓に詣でたが、堂は昔からたび〳〵回禄《かいろく》（火事）に遭い、今あるものは寛文年間の再建であって、格別取り立てて記すほどのこともない。月子姫の墓と称するものは、近江輿地志略に依ると、浅井郡の玉泉寺付近にもあるらしく、同書に「元三大師母公墓」として、「玉泉寺の西、民家の後也」と載っているので、孰方《いずれ》が本物か判然しないが、此処にある墓は、堂の真うしろに、堂の床と同じくらいの高さに石の壇を築いて玉垣を繞《めぐ》らした中に、石造の廟《びょう》が建てられているのである。A君がその玉垣の中に這入り、怪力を出して石の扉をごしごしと開けてくれたので、私が堂の床に上って、拝殿から神殿を拝むように廟の内部を窺《うかが》うと、表に「妙見大菩薩霊」と記し、裏に、「抑《そもそも》是聖廟ハ嚮《さき》ニ木造ナリシガ時ヲ逐《お》フテ敗壊セルヲ以テ有志者同心協力シ万世不朽ノ為更ニ石造再建スル者也維時明治十九年三月吉祥日」と記した一枚の板が見えた。明治十九年と云えば私が生れた年であるが、私の誕生日は七月二十四日であるから、それよりざっと四箇月前に此の廟は造られたのである。「元三大師」の母の物語は大体これを以《もっ》て終る。ふとしたことから光圓師の知遇を得た私は、安請け合いをしたばかりに、柄にもないものを長々と書き綴ったが、これで一往約束を果たし、肩の荷を卸した感じである。ところで此の間、此の稿の半ば以上を書いてしまった頃、或る日偶然座右にあった天台座主記《てんだいざすき》の第十八大僧正良源の項を繙《ひもと》くと、「康保三年八月二十七日座主宣命、生年五十五、夏臈三十九」とある次に、「勅使少納言藤原懐忠、同二十九日到来」とあって、

十月二十八日夜講堂四王院延命院法花堂常行堂文殊楼等焼亡、始二自即日一企二造立計一

とある下に、細字《さいじ》を以て、

九月二十六日悲母長逝《ちょうせい》シ、十月五堂一楼消失ス、喪ニ遭フノ間弥《いよいよ》心労ヲ増ス

と割注《わりちゅう》を加えてあるのが眼に留まった。此れで見ると母が亡くなったのは康保三年九月二十六日、大師五十五歳、母八十歳の時であって、九十余歳まで生きたと云う伝説は怪しくなる。私が此の事を光圓師に質《ただ》すと、師はちょっと驚きながら、割注は後人の書き入れであって、天台座主記の本文ではないから信ずるに当らないと云われたが、しかし九月二十六日とはっきり日まで記してあるし、他に此の記事を覆《くつがえ》すに足る文献がないとすると、私としては証拠のない伝説よりは寧《むし》ろ此の方を信じたい気がするのである。たゞそうなっても、大師が座主に補せられたのが八月二十七日で、母の死んだのが翌月の二十六日であるから、母は兎も角も我が子の立身を見届けて行ったことにはなる。

なおもう一つ、前掲の近江輿地志略志賀郡千野村の項に、「安養院」とあって、

> 同村にあり、天台宗。界内《かいだい》に妙見堂あり。土俗云う元三大師の母也と誤なるべし。「叡岳要記」「山門記」「日吉記」「山家要略記」等を考ふるに伝教大師の母を妙見といふと、然らばもし是にや、又妙見と号せる仏あり其仏にや未詳《つまびらかならず》。

とある。もしそうであるなら、私は此の稿に限って珍しく自分の空想や創意を交えないよ

うに努め、只管《ひたすら》古書の教えるところと光圓師から伝聞したところとを、正直に書いたのであったが、矢張《やはり》結局は一つの作り話であったと云うことになる。擱筆《かくひつ》に臨み、私は光圓師に約束を果たしたとは云うもの丶、その実師に気に入らないことを多く書き、却《かえ》って天台宗の悪宣伝になり終ったかも知れないことを、深くお詫びする次第である。

（昭和庚寅《かのえとら》九月稿）

＊本文は『谷崎潤一郎全集』第二十七巻（昭和三十三年発行、中央公論社〈新書版〉）を原本とし、旧字を新漢字・新かなに改め、ルビをなるべく多く付した。

『乳野物語』は谷崎の全集や単行本に、多く『少将滋幹の母』とともに収載されてきたが、単独での出版はない。『乳野物語』の初出は、同人誌的月間文芸雑誌「心」（夏目漱石の『こころ』より採った）の昭和二十六年一月から三月号。原題は『元三大師の母』。

『少将滋幹の母』（昭和二十五年、毎日新聞社）口絵より。小倉遊亀画。

注釈

（七頁）

＊**曼殊院**　天台宗の門跡寺院。最澄が延暦年間（七八二～八〇六）に叡山に創建した東尾坊《とうびほう》が起源。別院として里に降り、天仁年間（一一〇八～一一一〇）に曼殊院の名を冠す。明治まで北野天満宮の別当を兼務。文明年間（一四六九～一四八七）、慈運法親王入寺以来、宮門跡寺院に。明暦二年（一六五六）、良尚法親王の時、御所の近くから現在地（左京区一乗寺竹ノ内町）に移転。

＊**天台宗**　隋の第二代皇帝・煬帝《ようだい》の帰依を受け、天台智顗が、中国仏教を再編したことに始まる。鳩摩羅什（クマーラジーバ）が漢訳した「法華経」の三部の注釈書が根本聖典。九世紀の初め、入唐した最澄が、この宗旨を受け、比叡山に延暦寺を創立して、「天台宗」が開かれる。
　日本天台宗は一方で国家鎮護の仏教であるが、一方で民間信仰を取り込んで独自の発展をした。また文学や美術の領域で新しい美意識を形成。中世の風流念仏や能楽の再編を経て、近世の講談、説経節を生む。女人成仏を説き、衆生を「草木国土」にまで展げたことが、浄土宗、日蓮宗、禅宗等々の鎌倉新仏教を生むことになる。

＊**山口光圓**（一八九一～一九七二）　大正時代から昭和時代にかけて活躍した天台宗の僧。仏教学者。明治二十四年三月十六日、滋賀県大津市坂本に生まれる。生家は「三九良《さんくろう》」を屋号とする山口家。得度は、行基開基の金剛輪寺。大正八年二月四日から昭和十六年十二月十三日まで徳源院住職を勤める。徳源院は、あのバサラ大名、佐々木道誉の寺である。叡山に学び、母校・天台西部大教授、比叡山専修院院長、叡山学院院長を勤めつつ、昭和二十二年、曼殊院門跡となる。また昭和四十二年、天台宗勧学院院長。四十七年六月十六日死去。八十一歳。著作に『天台浄

土教史』など。良源については「西来寺本慈恵大僧正伝考」がある。

＊今春聴（一八九八～一九七七） 今東光。法名が春聴。明治三十一年、横浜生まれ。昭和期の小説家。一九二三年、川端康成等と第六次「新思想」創刊。翌年、「文芸時代」を創刊。新感覚派として知られる。一九二九年、プロレタリア運動に参加したが、翌三十年出家（浅草寺伝法院）。叡山で修行。一九五一年、八尾市の天台院住職。一九五六年、『お吟さま』で直木賞受賞。平泉中尊寺貫首を勤めた。新感覚派時代の作品に『痩せた花嫁』がある。

＊薬樹院 比叡山の麓、坂本にある桜で有名な天台寺院。この寺は叡山の中でも特別な役割を担った。「お山の住職」が重職に就く時、まずは山を降り、この薬樹院を「借寺《かりでら》」として入るという〝しきたり〟があった。例えば、四天王寺の管長になるためには、ここで一時住職を勤めて、初めて四天王寺に入ることが出来た。山口光圓師も曼殊院の門跡になるため、一時、薬樹院に入ったと思われる。

＊修学院離宮 桂離宮と並ぶ江戸初期の代表的山荘。叡山南西麓（左京区修学院町）に営まれた後水尾上皇の山荘。上・中・下の三つの庭園区よりなる。明暦元年（一六五五）着工され、寛文元年（一六六一）に完成。上皇自ら企画した理想の山荘。

＊林丘寺 後水尾天皇が皇女朱宮光子《あけのみやてるこ》内親王に与えた朱宮御所（音羽御所）に始まる。臨済宗の尼門跡寺院。本尊聖観音。修学院離宮の客殿・楽只軒《らくしけん》は元林丘寺のもの。

（八頁）

＊**慈運法親王**（一四六六〜一五三七）祖父は『看聞御記』の作者、伏見宮貞成《さだふさ》親王。後土御門天皇の猶子となる。明応四年（一四九五）、曼殊院門跡、北野社別当。大僧正。和歌や連歌に秀でていた。

＊**良尚法親王**（一六二三〜一六九三）父は八条の宮（後の桂宮）智仁親王。後水尾天皇の猶子となる。明暦二年（一六五六）、京都御所近くにあった曼殊院を洛北一乗寺村に移転し、伽藍を整備。天和元年（一六八一）、曼殊院門主。竹之内門跡と称せられた。絵画を狩野探幽・尚信兄弟に学び、立花をよくし、古典に通じていた。

＊**絹本着色黄不動**　縦一六八・二、横八〇・三センチメートル。平安時代後期。天台密教美術の象徴的作品。園城寺の智証大師円珍が感得した黄不動を平安時代後期に写したもの。原画は今も園城寺にあるが、秘仏。足下の岩座は園城寺の不動にはない。

（九頁）

＊**小堀遠州**（一五七九〜一六四七）本姓、小堀政一。遠州は通称。江戸前期の茶人・武将。近江国小堀村に生まれる。元和元年（一六一五）、大阪夏の陣後、伏見奉行となる。従五位下遠江守に任ぜられる。普請奉行として、豊臣秀吉、徳川家康・秀忠・家光に仕え、仙洞御所、大坂城本丸、二条城二の丸、江戸城西の丸の作事に当たる。

茶は古田織部に学び、春屋宗園に参禅。大徳寺、金地院等の茶室や庭園の作事に関与した。妻は藤堂高虎の娘。

＊**役僧**　寺院で寺務職に当たったり、法会で導師を補助する僧。

（十頁）　＊**江若線**　琵琶湖の西側を走っていた私鉄、一九二一年に開業。大津市の浜大津から高島市の近江今津まで営業。国鉄（当時）の湖西線開設を受け国鉄に売却、鉄道はＪＲ湖西線となる。現在は江若交通《こうじゃくこうつう》としてバス路線のみ営業。「京津電車」は現在の京阪電鉄京津《けいしん》線。

（十五頁）　＊**法華三昧**　天台宗で、法華経を三十七日間、行道《ぎょうどう》誦《ず》経《きょう》して、中道実相の理を観ずる法。「中道」とは、「有」でも「無」でもないもの。

＊**梁塵秘抄**　歌謡集。全二十巻。後白河法皇撰。治承三年（一一七九）成立と言われるが、不詳。平安末期の雑芸の歌を分類整理し、集成。当時の民衆の様子をうかがい知ることの出来る重要資料。ただ現存するのは、全二十巻のうち、第一巻巻頭の断簡と巻二全体及び、歌い方についての口伝を集成したと思われる「口伝集」巻一巻頭の断簡と巻十全体のみ。民俗学的資料としても貴重。

（十八頁）　＊**下鴨の潺湲亭**　潺湲亭《せんかんてい》は、谷崎の京でのお気に入りの住まいだった。前《さき》の潺湲亭、後《あと》の潺湲亭と二つある。前者は南禅寺近くにあった。下鴨の潺湲亭は、前の潺湲亭に比べ広大な庭を持ち、その庭には編集者専用の待合い室だけの洋館まであった。『陰翳礼讃』の舞台である。現在、日新電気の迎賓館（石村亭）となって、往時の姿のまま保存されている。

＊**中納言敦忠**　藤原敦忠（九〇六〜九四七）　権中納言敦忠が通称。藤原時平の三男。十二歳で昇殿。権中納言と称されたのは、死の前年。枇杷中納言・本院中納言とも称した。叡山の西坂本に音羽川を堰《せ》き入れた風流な別荘を持っていた。三十六歌仙の一人。家集に『敦忠集』がある。

その父を時平ではなく、大納言国経とする風評は根強く、江戸時代の『百人一首』の注釈書『百人一首一夕話』では、「国経の子」と断定されている。そうすると敦忠は少将滋幹の弟ということになる。

（十九頁）＊**横川**《よかわ》 天台浄土教の聖地。叡山の北方に位置し、六谷と別所を有する。横河とも書き、北塔とも呼ばれる。最澄の頃は未開発。円仁が天長年間（八二四～八三四）に「如法経」を書写し、根本如法堂を建立したのに始まる。これを良源が藤原師輔の援助を得て、堂舎や僧侶の住坊を整え、一大聖地とした。円仁以来の「如法経」の書写も盛んに行われ、十四世紀末には、霊山院で写経のための紙が漉かれるほどであった。良源は、最初、首楞厳院《しゅりょうごんいん》即ち「横川中堂」に住んだ。ここで天延二年（九七四）、中堂を改造した折、等身の不動明王を造り、本尊の聖観音を中央に、左右に不動明王と毘沙門天（観音とともに円仁の入唐を助けた仏）を配する「三尊形式」を確定した。

今、通称「元三大師堂」と呼ばれる「四季講堂」は、良源の住坊・定心房を起源とする。「四季講堂」の名は、春夏秋冬、学徒に大乗経典講義を行ったことに依る。現在、ここは良源の画像を祀る御影堂として信仰を集めている。中世、この画像は、その霊験あらたかなるをもって、諸院で交替で護持された。これを「めぐり大師」という。

横川と言えば、良源の弟子の恵心僧都源信の名がまず挙がるが、源信の前に良源が、この地を整え、天台浄土教の聖地とし、横川の名を全国に知らしめたのである。

＊**良源**（九一八～九八五） 第十八代天台座主。火災で消失した西塔の諸堂の再建にあたり、延暦寺の三塔十六谷を完成させた。叡山が最も盛況の時であった。住山の僧三千人ともいわれる。

山内の規律を重んじ、奢侈、武装、私刑を禁じ、籠山結界を守らせ、日常の修行に至るまで厳しい規律を定めた。この良源の活動をもって、叡山は世俗的にも強大な力を発揮した。天元四年（九八一）、行基以後、初めて大僧正となる。寛和元年（九八五）正月三日、横川定心房で没す。墓所は横川の北方、華芳峰。墓所では様々な霊験があった。墓は、最澄の墓・御廟《ごびょう》に対し、「みみょう」と発音される。それで良源は御廟《みみょう》大師の異名を持つ。

＊**雲母越え**　叡山に至る最短路。険しい山道であるが、最短路として利用された。朝廷に強訴する折の神輿（神輿振り）は、この坂を下った。名の由来は「この坂、雲を生ずるに似たり」から来ているという（『山州名跡誌』）。

織田信長の命で白川村を通る「山中越」が拓かれて、その役目を終えた。

＊**慈覚大師**（七九四～八六四）　第三代天台座主。慈覚大師は円仁の諡号《おくりな》。下野国《しもつけのくに》に生まれる。生家は有力豪族の壬生氏。大同三年（八〇八）、叡山に登り、最澄に止観の法を学ぶ。横川の首楞厳院に籠もり、その基礎を造った。承和五年（八三八）入唐。在唐は十年に及ぶ。その間の様子は『入唐求法巡礼記』に描かれる。在唐の間に密教の大法を総て学んだ。空海が未受であった「蘇悉地経《そしつじきょう》」を受けたことが大きい。また渡唐前の五年間（天長五年～十年）、下山し、下野、東北地方を布教した。その巡礼の跡に「お大師さん伝承」が残る。伝承では空海と混同されるところもある。

（二十一頁）＊**元三大師**　良源の異名。正月三日に没したので、この名がある。月命日の三日には、大師を祀る寺院では法要がある。横川では、正月二日の夜から正月三日の朝にかけて、最も大きい法要が営まれる。この時、千野の里の安養院では、元三大師《がんざんだいし》の母の化身の秘仏・妙見菩薩の御開帳があった。

＊**宇多法皇**（八六七〜九三一）平安前期の天皇（第五十九代）。父は時康親王（のちの光孝天皇）。寛平法皇ともいう。菅原道真への過度の信任が、道真流罪を招いたともいわれる。和歌・音楽を好み、また天台密教（台密）、真言宗広沢流の基礎を作る。数々の伝承を残し、仁和寺御室で没した。

＊**天台座主** 天台宗の貫首（管主）、延暦寺の住職の称。山の座主ともいう。第一代は、義真（天長元年／八二四）。第五代は円珍。第十八代が良源。第四十九代最雲法親王（堀川天皇皇子）以降、皇族が入り、梨本・青蓮・妙法の三門跡から選ばれた（近世には輪王寺門跡も入る）。明治四年（一八七一）、廃止。一八八四年、管長の特称として復活。

（二十二頁）＊**長浜** 「古え今浜なり」とある。豊臣秀吉の時代、武運長久を念じて、長浜の称に変える。古代豪族息長《おきなが》氏が勢力を振るった。世阿弥の『申楽談義』にいう近江猿楽のうちの「下坂」は長浜市南西部の下坂庄にあったという。

＊**竹生嶋** 琵琶湖の北の沖合約二キロメートルに浮かぶ島。島の生成説話――タタミヒコの命という伊吹山の神と姪の浅井ヒメの命という岡の神が背比べをした。ヒメはズルをして、一夜で高さを増した。それを怒ったタタミヒコはヒメの首を刎ねた。その首が琵琶湖に落ちて竹生嶋となった――というもの。島人はヒメのタタリを鎮めるために都久夫須麻神社《つくぶすまじんじゃ》を建て、ヒメを

祭神として祀ったという。宇多法皇の竹生嶋《ちくぶしま》信仰は延長九年（九三一）に始まる。竹生嶋信仰の繁栄は、出雲真行創建の「法華三昧堂」を勅願寺としたことと関係するという。

＊**虎姫**　名の由来は「虎御前」というヒメの名から来ている。「せせらぎ長者」伝説に登場する女人である。「せせらぎ長者」の話とは――昔々、今の虎姫の里に「せせらぎ（世々開）長者」という名の若い長者がいた。ある年の夏、その里には全く雨が降らなかった。それで「雨乞い」をした。すると、美しい村の娘・松前姫を生贄に出すようお告げがあった。長者は拒んだ。しかし姫は自ら井堰に身を投げた。松前姫は死んだが、まるで姫が生き返ったような美しい娘・虎御前が長者の前に忽然と現われた。長者は姫と結婚した。姫は身籠もり、赤子を生んだ。しかしその赤子とは「十五匹の小蛇」だった。虎御前はそれを恥じ、淵に身を投じた。虎御前は死んだ松前姫の生まれ変わりであった。この虎御前を偲んで、淵の近くの山に名を付けた。それが虎御前山で、里の名は虎姫と呼ばれるようになった。以後、この里に日照りの災いは起こらなかったという。

（二十四頁）＊**梵釈寺**　桓武天皇が曾祖父天智天皇を追善するため、「大津近江宮」の故地に建立した古代寺院。嵯峨天皇は唐崎行幸の折に、近くの崇福寺とこの梵釈寺に立ち寄っている（「行幸記事」）。良源はこの梵釈寺の僧に才を見出され、叡山に上った。

最澄は叡山を降りては、ここで学問をしたと伝えられ、また宇多天皇も度々訪問したという。しかし平安時代末には崇福寺とともに衰微、園城寺に吸収された（『中右記』康和五年〈一一〇三〉十二月二十九日の条）。以降、衰退極まり、鎌倉末期に廃寺となる。ただ、梵釈寺の本尊は、一説に現在の東近江市（旧蒲生町）岡本の黄檗宗・梵釈寺に伝えられ阿弥陀如来という。円仁請来の宝冠阿弥陀像と考えられる密教仏である。

＊**浄蔵**（八九一～九六四）平安中期の天台宗の僧。陰陽道に通じていた、文章博士・三好清行《きよつら》の子。十二歳の時、宇多天皇に会い、弟子となる。呪術をよくし、死者を蘇生させたり、朝敵を祈り殺したりした。良源（慈恵大師）は、この浄蔵の負っている数々の霊験を引き受けている。良源が民衆の信者を多く得たのは、そのせいである。魔除けをよくし、観音に変化《へんげ》したりという奇瑞も、師・浄蔵の存在を考えると理解出来る。

＊**千野**　良源とその母・月子姫の関係をもって「乳野」と言うという地名由来以外に、仰木《おおぎ》郷との関係から出た名ともされる。それで仰木の「五社」の祭礼には「七度半《しったはん》の使い」という神事には欠かせぬ重要な御役を立ててきた（「若宮神社由緒記」）。

＊**雄琴村**　「雄琴」の地名由来は、この地を領していた平安時代の貴族・今雄宿禰の邸からよく琴の音がしたと言って、今雄の「雄」と「琴」で、雄琴というとあるが、それより古いヒコ・ヒメ伝承「雄琴・雌琴」のカタリがあったらしい。雄琴・雌琴は、男神・女神の名であったと推測されるが、伝承の内容は伝わらない。

雄琴温泉の由来は、雄琴の南方にある天台宗・法光寺境内の念仏池の奇瑞から来ている。その池には八つ頭の大蛇が住んでいた。それでその池、一名、蛇池とも言った。この大蛇は悪さをするのではない。むしろ水神として信仰されていた。大蛇の住む池の水は霊水で、飲めば病も忽ち治るというものであった。そして、この念仏池を最初に開いたのは最澄という。今から千二百年昔のことである。

（二十七頁）＊素絹衣　素絹は絹の意。素絹衣は法衣の一種。良源が村上天皇の許しを得て、天台で絹の法衣の着用が始まった、と『素絹記』に書かれる。

＊**僧兵**　僧兵という名称自体は近世における造語。古くは「悪僧」「法師武者」と言った。良源の『二十六箇条起請』（天禄元年／九七〇）には裹頭《かとう》と言う独特の風体で、堂内に入ることを禁じたこと、また武器を持って寺内を横行する僧徒は捕えてよいと定めたこと等が記されている。良源が〝僧兵〟を作ったという説は誤りである。

＊**百番鬮（籤）**　「観音籤《かんのんせん》」。元三大師を「おみくじの祖」とした〝物語〟は江戸時代初期に生まれた。良源を尊崇し、その生まれ変わりと自負していた天海（慈眼大師）が、夢に見たというオハナシ。その夢の物語は『元三慈恵大師縁起』（延宝八年／一六八〇）に載る。元三大師が天海僧正の夢枕に立った。そして言う。信州の戸隠《とがくし》山に「観音籤」がある。それを我が前に祀り、念じれば、吉凶禍福を占うことが出来る、と。天海、直ちに使者を戸隠に遣わした。その戸隠の神前にあったのが「観音籤」というおみくじであった。それで元三大師は「おみくじ」の祖となったという。

＊**占察経**　正しくは「占察善悪業報経」。二巻。地蔵菩薩の口を借りて、善悪宿世の業、現在の苦楽吉凶を占う書。上巻で説く「木輪相《もくりんそう》」（年輪の異なる木を刻んで、小指大の大きさにしたもの）というサイコロ占いが「いかがわしい」とされ、妖経《ようきょう》、偽経の名で退けられてきたが、現在、偽経であっても、「経典」の内容研究から、地蔵菩薩が衆生を救う書、懺悔滅罪の経典と解されている。占いによって人を救う地蔵菩薩とは、正に良源、元三大師その人である。良源の観

音信仰の裏に地蔵信仰があった。観音は表に、地蔵は裏に坐す。地蔵の化身・元三大師は、占いをよくしたのであろう。それで、「おみくじの祖」となった。

＊**一実神道**　一実とは「法華経」の教えを言う。叡山の地主神・日吉の神々に各々仏の名を当てはめて信仰した。「一実神道」は、中世神道の基本的な神仏習合観であったが、それを江戸時代、天海僧正が「日吉の神と伊勢の天照大神は一体」とし、「山王一実神道」なるものを考案した。

＊**源信**（九四二～一〇一七）平安中期の天台宗の学僧。俗姓卜部氏。その著『往生要集』は、浄土信仰の根本経典。

＊**覚運**（九五七～一〇〇七）平安中期の天台宗の僧。俗姓藤原氏。真言密教を学び、檀那流を形成した。この流派は、玄旨《げんし》帰命壇《きみょうだん》にのっとって摩多羅神を信仰した。その信仰は、叡山の里の赤山禅院に受け継がれた。また妙法院、真如堂も摩多羅神を祀った。現在、その様子を垣間見ることが出来る神事は平泉《ひらいずみ》毛越寺《もうつうじ》の延年の舞である。

＊**覚超**（九六二～一〇三四）平安中期の天台宗の僧。源信に師事。顕密両学を修め、民衆への布教に務めた。

＊**尋禅**（九四三～九九〇）慈忍和尚《じにんかしょう》。平安中期の天台宗の僧。第十九代天台座主。藤原師輔の十男。母は雅子内親王。永祚元年（九八九）、病を得て、座主を退く。飯室谷《いむろだに》に隠棲、四八歳で没した。様々な霊験譚」を持つ。飯室谷不動堂に蔵される、良源像（掛幅《かけふく》下部に二人の僧を脇

侍の如く配している）を本尊として「慈恵講」なるものを修していた。

（二十九頁）＊**廬山寺**　上京区寺町通広小路上ルにある。かつての立命館大学広小路学舎の西に接し、さらに西に行くと京都御所である。天台宗の一派ではあるが、独立。円浄宗と称する。良源の里坊（宿坊）と言われる。それで寺域には元三大師堂があり、角大師のお札が授与され、二月三日の節分会には、元三大師が宮中での修法を害する〝鬼〟を退治した様子をもどく「鬼法楽」（現在の通称は鬼おどり）が行われる。その他、元三大師にまつわる〝鬼面〟、「鬼大師」像等々、元三大師縁のものが多数蔵される。ただ不思議なのは、本尊についてである。本尊を元三大師とするもの、また聖徳太子作の「三尺の薬師如来坐像」とするものがある。聖徳太子伝承の薬師仏についてはこれは江戸時代の地誌『山州名跡誌』に詳しく書かれる。曰く。四天王寺造営の際、疫病が流行して工人たちも病に罹ったので、太子が薬師仏を刻して病平癒を祈念した、すると忽ち工人たちの病は癒えた、と。この霊験あらたかな薬師、俗称を「小屋の薬師」と言った、と――それがこの寺の本尊となった――おそらく江戸時代までは廬山寺の本尊は薬師如来であったのであろう。ただ現在、廬山寺の本尊は阿弥陀如来三尊像（坐像）である。三尊像は国の重要文化財。

（三十七頁）＊**玉泉寺**　かつての虎姫町（東浅井郡）、現在の長浜市三川《みかわ》に所在。天台宗。本尊は慈恵大師良源木像坐像（鎌倉時代／重要文化財）。良源の生誕の地とされる。本堂の右に「誕生水」があったことから、「玉泉寺」の名が出た。「産湯の池」とも呼ばれた。今もあるが、寺域の外に出ている。民家の裏には、母・月子姫の墓と伝えられる石塔があり、良源が母と別れ、叡山に戻る時渡った橋は「いとまごい之橋」と称したなど、良源母子の伝承の数々が伝えられる。境内に

「母公堂」もあった（近江輿地志略）。

本尊の御開帳は五十年に一度（前回は平成三十年）。「無言の大師」の異名を持つ。

＊天海僧正（一五三六～一六四三）　江戸初期の天台宗の僧。会津高田の人。織田信長の比叡山焼き討ち後の叡山の復興に務めた。最初、秀吉に従ったが、その才を家康に見出され、叡山探題奉行となり、南光坊に住し、南光坊天海と称す。天海は良源を尊崇、天台中興の祖・良源とともに両大師として祀られている。天海の諡号は慈眼《じげん》大師。天海が上野寛永寺を開き、東叡山とし、関東の天台宗総本山として権力を握ったのは、家康の葬儀に関する〝時〟である。天海は山王一実神道をもって、家康に権現号を、対立する金地院崇伝は、従来通り「吉田神道」をもって明神号で家康を祀ることを争ったが、結局、天海の主張が通り、以後、幕府内部においても絶対的地位を確立した。

（四十四頁）＊和讃　仏教歌謡の一種。良源自身が和讃の作者であった。平安中期の「註本覚讃」の作者として有名。この和讃は、天台の本覚論を七五調で詠ったもの。その後、良源の影響下に天台浄土教の人々によって盛んに和讃が作られた。和讃と言えば、親鸞が有名だが、その才は、親鸞の教えを受けた人々には継承されず、代わりに時宗教団が受け継いだ。ただ現在、法要で和讃を多用するのは真宗で、親鸞の代表作の『三帖和讃』を念仏と組み合わせて詠う。良源の和讃は、「天台声明」に大きな影響を与えた。

（五十一頁）＊尊意（八六八～九四〇）　平安中期の天台宗の僧。俗姓、息長氏。第十三代天台座主。円珍に菩薩戒を受けた。天台密教の験者。祈雨・除病・安産に霊験を表わし、また、自身いくつもの霊験譚を持つ。有名な「柘榴天神」のカタリも、その一つ。菅原道真の怨霊が、尊意の前に現われ、「（醍醐）天皇から法力で我が怒りを鎮めるよう祈祷せよ、との命があっても辞退してほしい」と請うが、尊意は拒み、道真に柘榴をすすめる。菅公の霊は柘榴を口に含み、吐く。すると柘榴は炎と化し、妻戸に燃え移るが、尊意の法力はその怨霊の怒りの炎を消した。号名、法性房の方が通り名として知られる。

（五十四頁）＊**いとまごひ之橋**　一〇七頁「玉泉寺」参照。

＊**近江輿地志略**　地誌。全百巻。天保八年（一七二三）～天保十九年（一九三四）。近江国膳所藩の儒者、寒川辰清（通称儀太夫）が、藩主の命を受け編集。近江に関する最も詳細な地誌。各村の由緒、当時の現状を記す。この叙述のために、寒川はフィールドワークの他、『古事記』『日本書紀』の神話から、古記録、歌集までを繙いている。その史料中には、今は入手出来ないものが多々ある。本書は完成後、寛政十年（一七九八）、幕府に献上されるまで、「秘本」として公にされなかった。近江の神社の祭神、村の伝説・伝承を知る上において貴重な書である。

（五十八頁）＊**寛朝**（九一六～九九八）平安中期の真言宗の僧。宇多天皇の孫。十一歳で宇多天皇のもとで出家。声明の大家。仁和寺別当を経て東寺長者に。嵯峨広沢池畔に遍照寺を創建、密教広沢流の祖となる。その霊力は良源と並び賞された。

（七十四頁）＊**魞**　竹簀を並べ立てて仕掛を作り、魚を「ツボ」という狭い部分に追い込む漁法。この漁法は東南アジア全域に広がる。日本では琵琶湖のものが有名。魞《えり》は「えり師」という特別な職能集

団が冬の農閑期に湖岸を廻り、各地を泊まり歩いて設置する

（八十頁）＊**沖の島**　琵琶湖最大の島。近江八幡市長命寺町の琵琶湖沖合、約一・五キロメートルにある。藤原不比等建立という式内社・奥津島神社がある。交通の要衝の地として古代より栄えた。縄文土器や和同開珎が出土している。永正十二年（一五一五）草創の西福寺、同十四年の願証寺はともに浄土真宗。島民のすべてが信徒である。産業は漁業の他に、「島の石を取って之を売る」（『近江輿地志略』）とある。また「畳の表を産とす」（近江名所図会）と。

（八十八頁）＊**逮夜**　忌日の前夜。祭礼において、宵宮が重視されるのと同じく、祭礼当日の前夜という〝時〟が最も呪的な時間である。伝説の良源の母・月子姫の忌日は七月七日であるので、「お逮夜」を重んじて、現在、その祭礼は、前日の七月六日に行われる。

（八十九頁）＊**御詠歌**　仏教歌謡の一種。和讃に対して「札打和讃《ふだうち》」とも言われる。巡礼・遍路が札所に詣でる時詠うのでこの名がある。三十一文字の和歌で、札所の本尊への〝願〟が、その内容である。和歌と言っても平易なもので、節も単調であるが、日本人の心の琴線に触れるものがある。葬式・通夜・追善で、また寺の法要としても詠われる。各宗派で「講」が作られている。

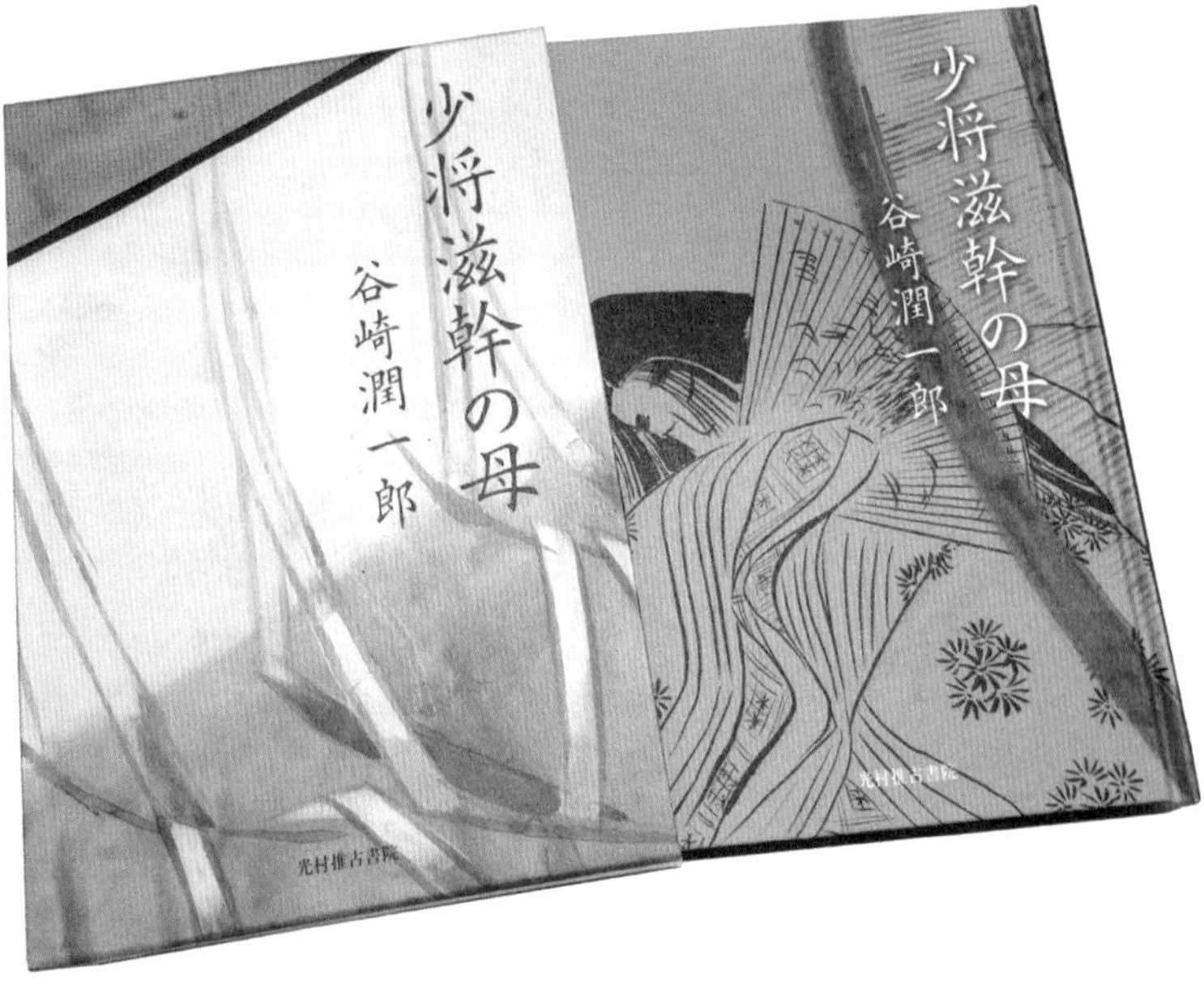
少将滋幹の母
谷崎潤一郎
光村推古書院
少将滋幹の母
谷崎潤一郎
光村推古書院

解説①

谷崎潤一郎と『乳野物語』

谷崎潤一郎の『乳野物語』は、以下の文章で始まる。

洛北一乗寺にある曼殊院《まんしゅいん》の門跡《もんぜき》で、天台宗の碩学《せきがく》と云われる山口光圓師に、私を始めて紹介してくれたのは今春聴であった。尤も春聴が紹介した時分にはまだ光圓師は門跡にはなっていなかった。

『乳野物語』その一

後に曼殊院門跡となる山口光圓師は、谷崎の仏教の師であった。年齢は谷崎の方が五歳上であったが、谷崎は、年長者に教えを乞うように、礼を尽くして熱心に光圓師の許に通っていた。

昭和二十三年（一九四八）、谷崎は七年にわたって執筆していた『細雪』を脱稿。翌二十四年、『細雪』により「二十三年度朝日文化賞」を受賞する。さらに、その年の十一月、文化勲章を授与される。そして昭和二十四年十一月十六日より二十五年二月九日まで、毎日新聞に代表作となる豪華絢爛で奇妙な歴史小説『少将滋幹の母』を連載する。

山口光圓師の書より起こされた「曼殊院門跡」の石碑。

『少将滋幹の母』は、時の権力者、藤原時平が夫も子もある美人を、情熱と奸計で「自分のもの」にする話である。この物語は実に面白い。色好みの「平中《ヘイチュウ》（平中納権貞文）を巻き込んで、いかにして美人を手に入れたのかを描く。その手段があまりに見事なのである。そしてそこで繰り広げられる、美人の年老いた夫との駆け引きは、妻を奪われる老人の哀しみを超えて、その描写に読者は、ただただ引き込まれる。そこは、香《こう》の匂いがたちこめ、衣擦れの音がし、酒杯、歌・舞……と、極彩色の美の夢幻世界。

結末近くで、美人と老夫との間の子・滋幹《しげもと》が母と再会する場面でこの小説は終わるが、読み終えると、老夫の存在が大きいことに気付く。老夫の名は藤原国経という。時平とは伯父・甥の関係に当たるが、身分は時平の方が高い。国経は七十五歳でやっと大納言になった人である。それに時平は美しい。老いた夫の方は、八十一歳まで生きたというので、「（国経の）良いところと言えば非常に健康であったというところであろう」と谷崎は冷たく描写する。この国経が時平に妻を奪われた後、彷徨うところが、葬送の地である。蓮台野のような、鳥辺野のような、船岡山のような屍体が打ち転がされる所である。

そこで国経は、何をしているのかというと、「不浄観」を成就することで「妻との別れ」を記憶の向こうに追いやろうとしているのである。滋幹は一度だけ、その彷徨する父の様

後の潺湲亭　下鴨神社を流れる泉川の畔にある。『陰翳礼讃《いんえいらいさん》』の舞台となった「八畳の間」。
現在、名を「石村亭」（この名も谷崎が付けた）とし、日新電機の“応接間”となっている。その姿は谷崎の居た頃と少しも変わらない。

子を見た。

この「不浄観」を谷崎は『少将滋幹の母』で描きたかった。それで、『少将滋幹の母』は色恋の話を下に敷いて、時平や平中を登場させ、野晒しの崩れ落ちる若い女の屍体と、幾重にも美しい衣をまとった美人を重ねることで、仏教の不浄観がより明快に見えてくるように仕立てられている。

その仏教の「不浄観」、無常感の知識を谷崎に教えた人が山口光圓師である。谷崎は、「後の潺湲亭《せんかんてい》」（下鴨神社泉川のほとり）に住み、そこから曼殊院に通っている。曼殊院は京都市左京区一乗寺竹内町にある。修学院離宮の近くと思ってもらうといい。下鴨神社から修学院——谷崎は車で通ったのだろうか。この「後の潺湲亭」時代は、谷崎は大流行作家で、その邸内には編集者が順番待ちをする館まであって、谷崎は日々、執筆に追われていた。その多忙を割いて通う曼殊院は、谷崎にとって、心安まる空間であり、何よりも、山口光圓師の話を聞くことで、仏教、特に浄土教に心を展かれたのであろう。

『乳野物語』から読み取れる光圓師の人となりは、曼殊院門跡と言っても、当時曼殊院は今のような観光寺院ではなく、訪れる人も少なかったせいもあろうが、門主然としておさまっている人ではなく、気軽に訪れる人と話をしている。

今東光師を介して山口光圓師を紹介してもらった谷崎は、月一、二回、曼殊院に通ったという。谷崎が光圓師と出会った年は、光圓師が門跡になる前とあるから、昭和二十一年と思われる。光圓師は二十二年五月に門跡となり、晋山式が行われたが、その席に谷崎も招かれている。そして、余程、互いに心が通い合ったのであろう、谷崎家は日蓮宗であったが、師に乞うて、二十二年の秋の彼岸に父母の法要を営んでもらっている。

また谷崎が毎日新聞から文化賞をもらった時には、光圓師は、

洗レ硯　魚　呑レ墨

烹レ茶　鶴　避レ烟

という「文字」を揮毫《きごう》して、わざわざ潺湲亭まで持って来てくれたという。光圓師もまた五歳年上の谷崎を兄のように慕っていたようである。

『乳野物語』の発表（昭和二十六年）は『少将滋幹の母』（昭和二十四年）より二年後である。谷崎は『乳野物語』に、『少将滋幹の母』の執筆が光圓師の教えを受けてのことである、と以下のように書いている。

> そのうち私は毎日新聞のために「少将滋幹《しげもと》の母」を執筆することになったが、此の作品を書きつつある間に、光圓師の教を乞わねばならないことがつぎつぎに出て来た。たとえばあの中には不浄観のことが書いてある。又滋幹の母が隠棲したことになっている地、西坂本の中納言敦忠《あつただ》の山荘のあった所と云うのは、ちょうど現在の曼殊院のあるあたりになる。滋幹は叡山の横川《よかわ》にある良源和尚の坊から、或る日雲母《きらら》越えを

徳源院紅葉の庭　滋賀県米原市清滝にあるこの寺は、近江佐々木源氏京極家の菩提寺。その五代目がバサラ大名・道誉《どうよ》である。山口光圓師は大正八年から昭和十六年まで住職を勤める。

下って来て、偶然敦忠の山荘のほとりへ出、昔の母に遇うようになるのであるが、その雲母越えは曼殊院の直ぐ上を行く坂道なのである。

『乳野物語』その一

この描写から、光圓師は学問の話になると大いに饒舌であったようである。

このあたりのことを知りたくて、山口光圓師の滋賀県米原市にある本寺・霊通山清瀧寺徳源院の御住職、光圓師の孫・山口光秀師を訪ねる。

徳源院は、あの有名なバサラ大名・佐々木道誉の京極家の菩提寺である。墓所全域が「国指定史跡」である。京極の名の由来は、京の京極に佐々木氏が広大な屋敷を構えたことによる。その五代目に当たる高氏即ち道誉は、隣り合っていた時宗の金蓮寺に寺地を寄付し、この地を中心に、バサラ大名として、立花・茶の湯・香・連歌・能などの現在の日本文化の基礎となる芸術を中世という時代に一気に花咲かせた人である。後に京の南座が歌舞伎発祥の地となるのも、このバサラ大名なくしてはあり得なかった。祇園の舞妓さん、芸妓《げいこ》さんの文化も、同じく、なのである。

山口光秀師　光圓師の孫に当たる。現徳源院住職。

そんな道誉の京極家の菩提寺を今に、つつましく守る光秀師の話に依れば、祖父・光圓師は、孫たちにはなかなか厳しい人であったらしい。

「孫を特にかわいがるという風ではなかったですね。私室には絶対入れてもらえなかったし……学者として生きた人です。世間のことは祖母に委せて……祖父の思い出としては、一番はお酒ですね。一日三食、お酒でもよかったという人です」

谷崎が光圓師や関係者とともに『乳野物語』を書くために、大津市千野をフィールドワークした折、そこが、曼殊院のどこかしめったような暗い雰囲気でなかったため

「雪月花」　光圓師の書。徳源院玄関を飾る。「雪月花」の後に「曼殊院門主」とある。

か、光圓師は晴れやかな笑顔で、

「宿では腕によりをかけて特別のご馳走を用意しているので、まずは湯につかって一献傾けましょう」

と、言う（どうもはしゃいだ雰囲気がある）。そこで光圓師は酒を飲み、ウィスキーを飲み、大いに酔う。今東光師は「叡山で修行した坊主は皆したたかな酒喰らいになる」、それは「叡山の寒さのせい」だと言う。

このあたりの光圓師の描写は『乳野物語』の、門跡と言えど、つましい暮らしで、灯り（電気）

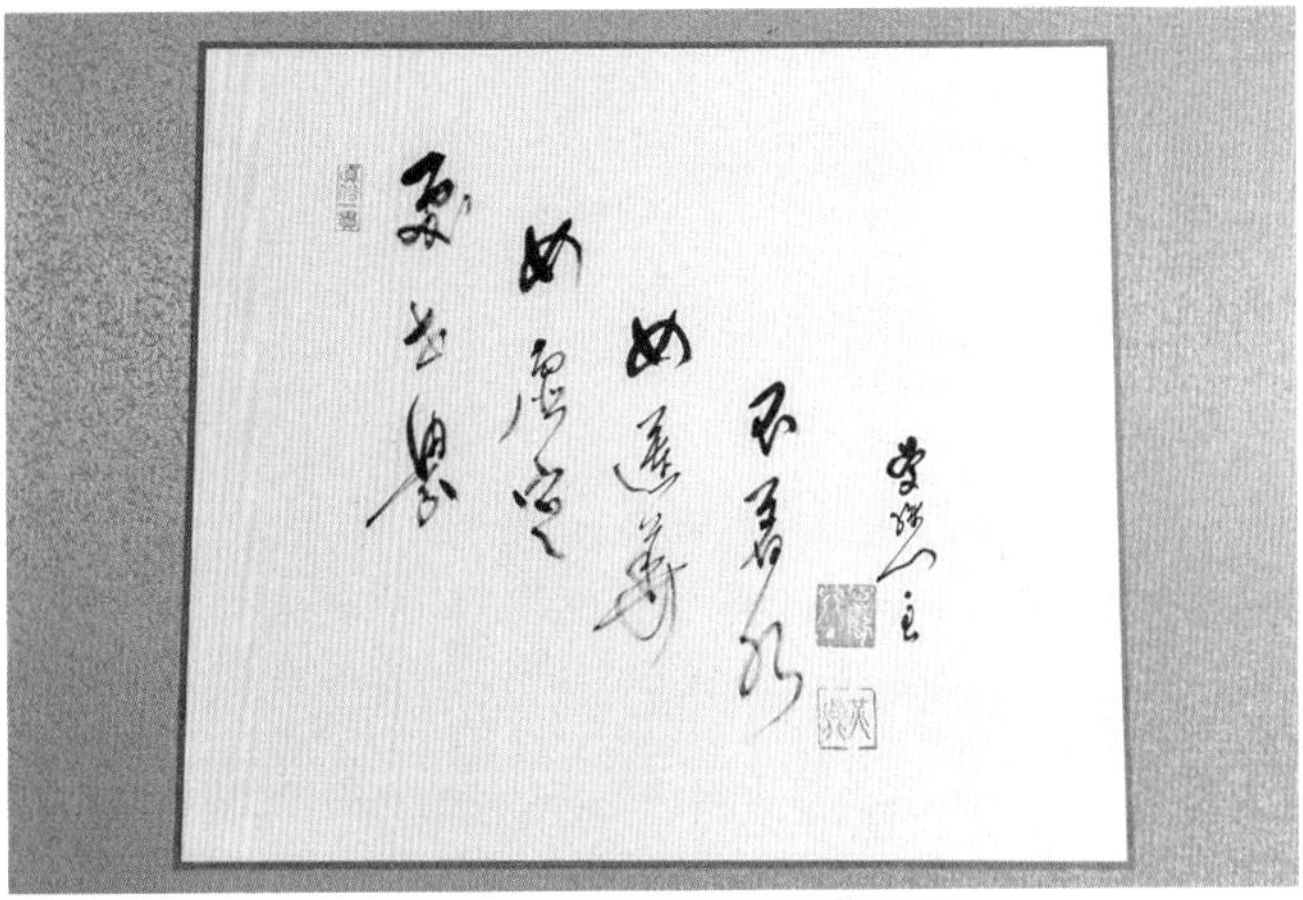

「後唄《ごばい》」　光圓師の書。声明の最後に称える言葉（偈《げ》）。「処世界　如虚空　如蓮華　不着水」、本来は各語の後に各々「心清浄　超於彼　稽首礼　無上尊」の言葉が続く。偈をくずして自由に遊んでいる。「染まることのない清浄なる心を持った仏に敬礼する」という意。光圓師の愛した言葉。左から読む。

も師の書斎にしかなく、寺内のあちこちは普請をしなければならないほどに畳も襖もわびしい状態である、という中で暮らす光圓師とは対極にある描写である。昼から大酒飲んではしゃいでいる光圓師と、わびしいさみしい光圓師と、どちらが本当の光圓師なのだろうか。

「どちらも祖父だと思います。ただ曼殊院という空間にいる時は、曼殊院のあの暗い雰囲気を背負っていたのかも知れません。父が曼殊院門跡を継いで隠居の身になってからは、少し楽になったようですが」

光秀師の言う〝父〟とは山口圓道師。光圓師の娘婿である。圓道師も学者で著書も持っている。

「父の時に、曼殊院にも観光客が増えてきましたから、〝曼殊院中興の祖〟と言ってもいいようです。祖父は多くの著作を残し、多くの有名人と交流を持ち、曼殊院に〝山口光圓あり〟とした人ですが、観光寺院としての曼殊院を作った人ではありません。いや、曼殊院を観光寺院にしたくなかったのかも知れません。

孫たちは夏休みに曼殊院に集まり遊んでいました。また私は、大学に入るため、一年浪人をしまして、予備校に通いました。そこが京都でしたので、一年間、曼殊院で暮らしました。

祖父はよく書をしたためていました。「竹」「夢」という字が好きでしたね。それから「空」、今、ここに残っています。壺に絵付けしたり、盆にも刻しています。ああ、玄関の――あれは「雪月花」です。読めませんでしょ。私どもも「花」が読めて、やっと「雪月花」と知ったのです。「月」なんか、全く読めませんよね。祖父の字のくずしは、書家本来のものと違って独特のくずし方なので、なかなか読めません。

山口光圓師　晩年の写真。

この額の字ですか――これは『声明の後唄《ごばい》』です。
読んでみましょうか。

処世界（しょせかい）
如虚空（じょきょこう）
如蓮華（じょれんか）
不着水（ふちゃくすい）

これはもしかしたら祖父の想いと重なった文言かも知れませんね。ああ、そうそう、祖父の晩年の写真があります」

山口光圓師のお顔を初めて拝す。
モノクロームのそのお顔は、老いて枯れて、それでいて美しい――仙人のような――もうそこに〝俗〟はない。

――・つけたり

こんな話がある。ある女流作家が出家し、光圓師の教えを受けたい、とやはり今東光師を介して依頼があった。光圓師は、その申し出を丁寧にお断りした。それで申し訳ないと思われたのか、声明の大家、大原実光院の天納傳中《あまのでんちゅう》師を紹介されたという。「光圓師、人を見る」というお話である。

解説②

曼殊院と山口光圓

『乳野物語』の原題は、「元三大師の母」である。『乳野物語』と改名してからも、谷崎は「元三大師の母」をサブタイトルとして用いている。

確かに、この〝小説〟の中には元三大師が描かれるし、その母・月子姫のことも詳しく描かれる。

秋、紅葉の季節、曼殊院を訪れる。大勢の人が拝観に来ていた。庫裡《くり》から中に入る。拝観の順路が赤い矢印によって示され、まず最初に「竹の間」に誘われる。そこに坐す「不動明王座像」の前は人だまりで動けない。拝観の人たちはお行儀がいい。列を乱さずに進んでゆく、並んで少しづつ歩んでゆく。「竹の間」の横の「虎の間」も人、人、ひと。しかしその向うを見ると人の群が途切れている。行儀の悪い私は、人と人の隙間を縫って進んでゆく。迷路のようになった庭に面した回廊を歩き、空いた空間に身体をすべり込ませる。

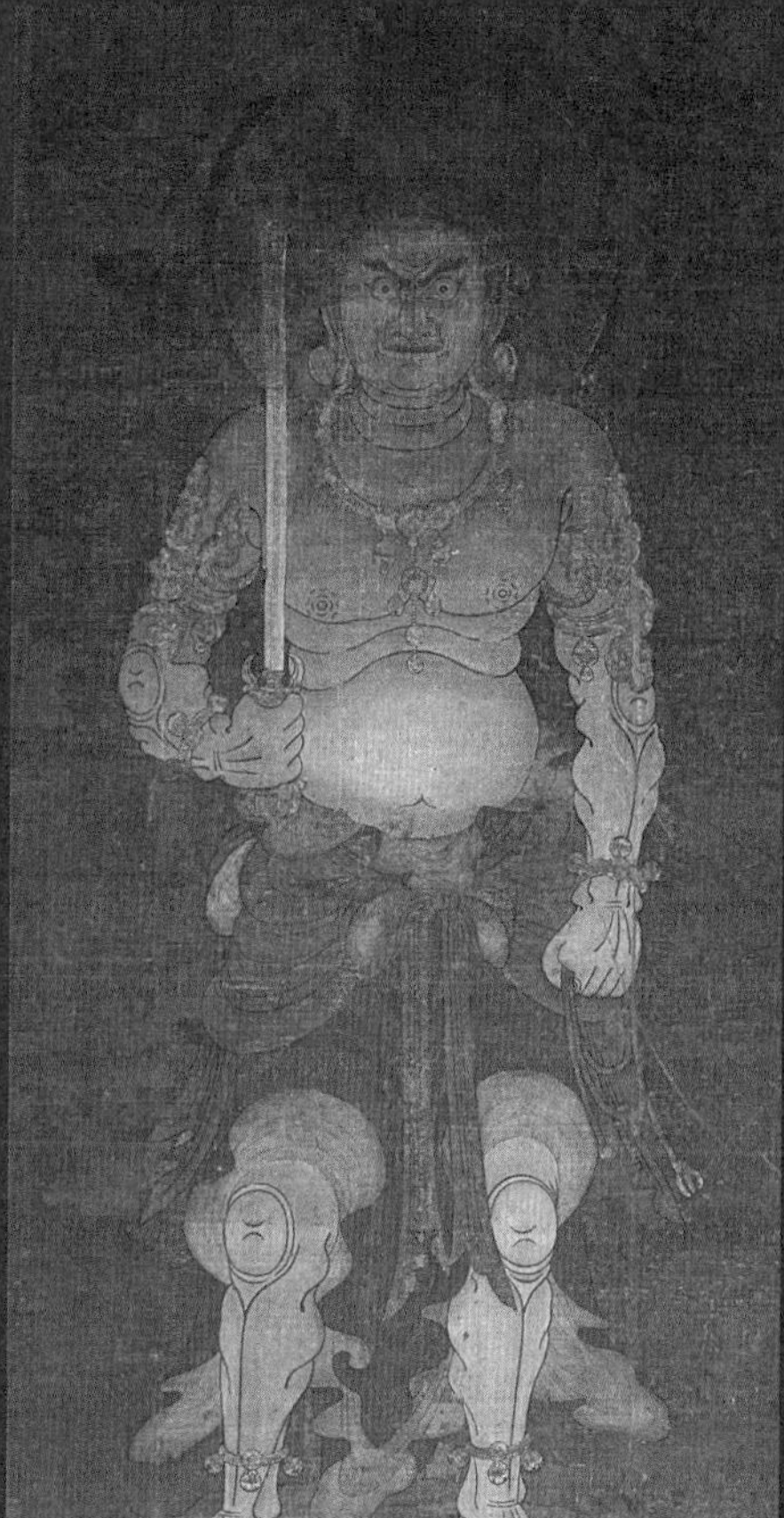

不動明王像　曼殊院蔵。国宝。平安時代。絹本著色。縦168.2センチメートル、横80.3センチメートル。通称「黄不動」。青蓮院の「青不動」、高野山の「赤不動」とともに、三不動と呼ばれ、世に名高い。ただ、原本ではない。原本は、円珍感得の伝説に因んで、園城寺（三井寺）にある。秘仏。この形式の不動明王は、京では南山城の役行者の寺・神童寺に木彫仏としてある。

あった。いや、坐した。「元三大師」。「慈恵大師像」と書かれた木札が大きな木像座像の前にある。傍らに説明板があり、「おみくじの元祖ともいわれる」と書かれている。御像の前にはささやかに「おみくじ」が並んでいる。一つ百円。頂く。

曼殊院の廊下をウロウロし、空いている部屋を選んでは中に入り、「孔雀の間」では「善光寺如来」を拝させて頂いたりするが、「慈恵大師像」ほど立派なお像はない。あの有名な図像「黄不動」、本名「不動明王像」があれば違っていたかもしれないが。今は御不在。

大《おお》書院の仏間には、本尊の阿弥陀如来立像（鎌倉時代）とともに、北野天満宮から来たという十一面観音（平安時代後期／天神の御本地十一面観音）や薬師如来（室町時代）や大日如来、坐像の阿弥陀さまなど、たくさんの仏さまがいらっしゃって、向かって右には歴代門跡の位牌が並ぶ。どうもここが、曼殊院の仏教寺院としての中心の室のようである。しかし、この開放され空間は、仏間というより、書院で、ここから拝観者の多くは庭を望む。

奥の小《こ》書院には、仏さまはいない。ただ、この小部屋は仏さま不在にもかかわらず、大書院より人気があるらしく、人の群が動かない。「欄間」や「釘隠《くぎかくし》」、床の間・棚に拝観者は見入っている。また、ここからも庭を眺めるのがいいらしい。縁に人は出、庭の写真を撮っている。

「慈恵大師像」、元三大師に注目する人は、ほとんどいない。

曼殊院の御本尊は、一応来迎印の阿弥陀如来立像であるが、何だか「建て前」のような気がする。竹の間に坐した「不動」——今回初公開とあった——曼殊院には不動像が多くある。先の黄不動は博物館に入ってしまわれたが、無理矢理「曼殊院の御本尊はだあれ？」と問われれば、「お不動さんです」という答の方が似合っているような。

いや、そういう教科書的な答は、ここでは通用しないし、いらない。曼殊院は、天台の門跡寺院であり、そこは門跡のお住まいなのだ。

『乳野物語』で描写される曼殊院は、総てに山口光圓師が登場する。谷崎は、山口光圓師を通して門跡寺院・曼殊院を描く。即ち『乳野物語』のもう一つの〝顔〟は、「曼殊院門跡・山口光圓物語」、と言ってもいいような……。

順路を無視して歩いていると、「小さな鐘」が目に入った。谷崎潤一郎寄贈の「鐘」とある。順路の中に組み込まれてはいるが、少し凹んだ場所にささやかに吊されているので

「見落とす人」も多い。

「谷崎潤一郎寄贈と書いてるけど、この曼殊院と谷崎はどういう関係なんやろ」

「鐘」に気付いた人が隣の人に話しかける。

「谷崎潤一郎との関係、どこかに書いてない？」

「鐘」の横に説明板と思われる文字はあったが……。

「よくわからないわね」

結局、「鐘」を折角発見した二人も、足早に〝そこ〟を去ってゆく。谷崎自体に余り興味がないのだろう。しかし、「さすが、大谷崎」、その名は知られている。

この「鐘」の傍らの文字。それは鐘に刻された文字を写しただけものであった。

「あさゆふの　かね能《の》ひびきに　吹きそへよ　我立つ杣乃《そまの》　やまおろし能かせ」。

鐘についての説明はない。

谷崎が愛した曼殊院は、山口光圓師あっての曼殊院であった。

その山口光圓師に仏教の教えを乞うていた谷崎は、ある日、

「元三大師とその母のことを書きませんか」

と、師に誘われる。そして、谷崎は『少将滋幹の母』の中にも登場させた「元三大師」について書いてみようと思う。おそらく、「その母」に興味を抱いたのであろう。

山口光圓師が門跡であった時代の曼殊院には、今東光師を介して谷崎を初め、多くの文壇の雄がやって来た。みなお目当ては光圓師の〝話〟のようである。司馬遼太郎氏も光圓師と酒を酌み交わしている。そしてみな谷崎を介して『少将滋幹の母』の「不浄観」に触れている。しかし、その「つづき」ともいうべき（あるいは、その〝前章〟というべき）『乳野物語』には触れていない。

元三大師がおかわいそう。曼殊院の元三大師の御像は、今は「控えの間」にいらっしゃる。竹の間・虎の間・孔雀の間を過ごして、「渡り廊下」を進むと、真正面にデンといらっしゃる。「控えの間」？――あんまりな――いえ、元三大師の御像は「一乗の間」に坐した。今もそこに坐す。ただ「一乗の間」に襖を新たに誂えたので、元三大師の坐す所は、「一乗の間」の「控えの間」という名になってしまった。かつては大書院の「十雪《じっせつ》の間」にいらっしゃったのだが。

慈恵大師（元三大師）坐像　曼殊院蔵。重文、鎌倉時代（文永５年〈1268〉）。寄木造彩色。像高：84.6センチメートル。仏師・栄盛が「三十三体の造像を発願」、その九体目のものと伝えられる。

曼殊院の元三大師座像は、重要文化財である。像高八四・二センチ。大きい。

どうしてここにいらっしゃるのか。弘長元年（一二六一）、鎌倉時代にこちらへやって来た。栄盛という仏師、元三大師の霊験を深く信じる余り、大師が観音の化身という伝承にのっとって、「三十三体」の大師像を作り、大師縁の寺に納めることを一生の仕事とした。その三十三体のうちの九体目の像が、この曼殊院の元三大師、即ち「慈恵大師像」という。栄盛のフルネームは「比叡山楞厳院《りょうごんいん》住侶金剛仏師栄盛」という。

三十三体、すごい数であるが、愛知県真福寺に坐す「元三大師像」の銘文には、像の数は「六十六体」とある。「六十六体」という数には、日本全国六十余州総てに、元三大師像をお祀りするという〝意志〟が見える。それほど、元三大師信仰は中世、ものすごい勢いがあった。例の「角大師」の護符は鎌倉時代、災難を防ぐため、一万枚刷られたとか、江戸時代にも厄災があると、やはり一万枚刷られ、人々に配られたという。

鎌倉新仏教の勃興する中、天台としては元三大師の霊力で、その復興を図ろうとしたのであろうか。江戸時代、元三大師二世とも言われた天海僧正によって、「元三大師」は再び人気を取り戻したのか。それにしては、現在、元三大師の信仰は、そんなに熱くない。像も失われている。

曼殊院は元三大師が坐すに相応しい寺であった。山口光圓師が、谷崎に「元三大師」の宣伝を大いにしたのも、師に元三大師信仰があったからであろう。元三大師はそれほどに魅力ある人であった。

大書院「十雪の間」に坐した時、元三大師はまるで曼殊院の御本尊のようであった。

元三大師は、あまりに優秀な弟子を持った。恵心僧都源信である。源信は日本浄土教の祖となる人である。しかしこの源信の思想を生んだのは、師・良源、即ち元三大師の「天台浄土教」である。

曼殊院の庭の「浄土」の景は、源信を通してではなく、直接、良源から降りてきている。

山口光圓師の著作に『天台浄土教史』がある。代表作である。

作家で評論家の野口武彦氏は、『古寺巡礼　京都　曼殊院』（淡交社　昭和五十三年）に寄せた一文「色・時・光」の中で、以下のように山口光圓師を描いている。

伝教大師の法灯いまだ衰えず。明治維新この方曼殊院の門跡は、代々天台の学僧から選出されるならわしである。その中でどうしても言及しなくてはならぬ人物は、「天台宗の碩学《せきがく》」と呼ばれた先代（第三九世）の門跡、山口光圓大僧正であろう。はなはだ迂闊な話であるが、わたしはこの日圓道師のお口から、昭和二十二年に谷崎潤一郎がここ曼殊院で法要をいとなんだという話をうかがうまで、この高名な学僧のことを、いや、曼殊院とのつながりをすっかり失念していた。当然知っていなければならなかったはずなのに、谷崎が『少将滋幹の母』を書くとき、作中に描いた不浄観の教理について学んだあの光圓師が曼殊院の門跡であったことをつい亡失していたのである。

事柄は谷崎の『乳野物語』にくわしいが、その中で谷崎が「師は天台教学の権威と云はれる人であるが、非常に社交的で如才ない一面があつて、誰に対しても胸襟《きょうきん》を開き、諧《かい》謔《ぎゃく》交りにいろいろと面白い話を聴かしてくれると云ふ風」であったと評していることからも、生前の人となりが偲ばれよう。ちなみにこの文章（『乳野物語』）は期せずして「戦後の曼殊院の側面史」にもなっているので、読者に一読をおすすめする。

解説③

師・山口光圓——毎日が授業

淺田正博

曼殊院天台学問所——学園紛争を避けて

確か二十三歳の時でした。まだ学部（龍谷大学）の二回生で、「今から勉強しよう」という意欲に燃えている時に山口光圓先生にお出遇いしました。

当時は学園紛争の真っ只中で、龍谷大学の大宮学舎も全共闘によってバリケード封鎖され、授業が開かれるどころか大学にすら入れなかった時代です。そこで何とか勉強したく、短大に所属しておられた先生で、法華経の梵文（サンスクリット）をご専門に研究されていた小島文保《こじまぶんぽ》先生にお願いして「天台学を学びたい」と申し出たのです。先生は「それならば入門の『天台四教儀』をぼつぼつ読んであげようか」と言って下さって、何人か友達とともに先生の研究室のある深草学舎で、輪読会を始めて頂いたのです。ところが学園紛争真っ只中ですので、深草学舎も全共闘に押さえられ、教室はもちろん図書館も使えない

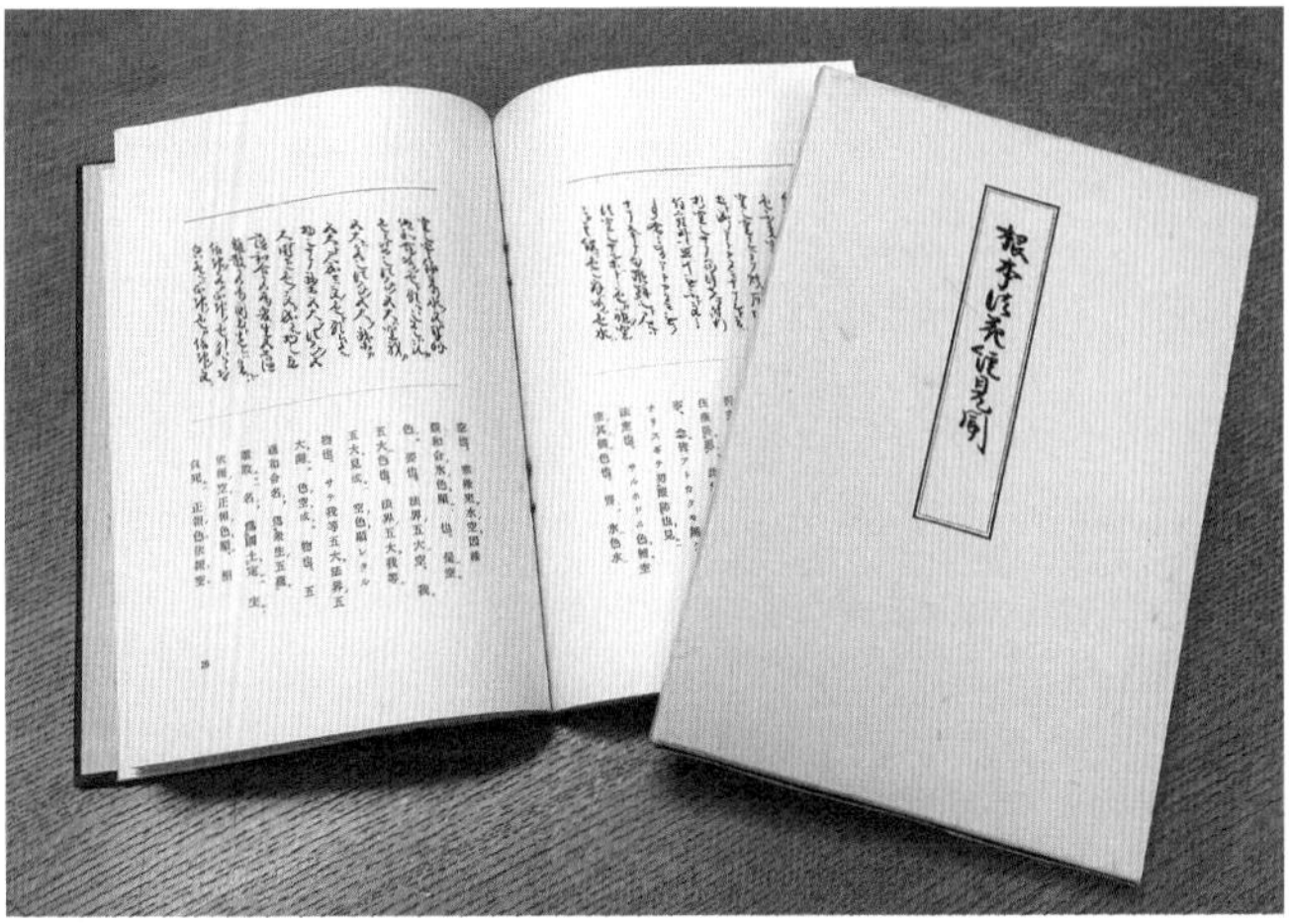

『根本《こんぽん》法花《ほけ》経《きょう》見聞《けんもん》』　編著者、山口光圓・小島文保。昭和四十四年四月発行。天台学問所。第四十六世天台座主・東陽坊忠尋の流れを汲んだ曼殊院に伝わる、「口《く》傳《でん》一書」である。仏教とは即ち「般若心経」であるという結論に導く書。口伝（ロイ）では、誤り伝えられるとして、ノートに早書きしたものの活字化（下段）。

状態が続きました。
　そこで「やむなく学外で輪読会をしなければ仕方ない」ということになり、少し遠いが曼殊院にしようと提案下さいました。その頃、小島先生は曼殊院のご門主の山口光圓先生と二人で『根本《こんぽん》法花《ほけ》経《きょう》見聞《けんもん》』という天台口伝《くでん》法門《ほうもん》の写本を読み合わせておられたのです。これは後にお二人の共著として出版されておりますが、そのような縁があるものですから小島先生が私たちを曼殊院に連れて行って、事情を説明して山口光圓ご門主に紹介下さったのです。

その時の小島先生の言葉が「これで天台学問所を再興出来ますね」ということでした。山口ご門主は大変な天台の学者で、若く健康な頃には曼殊院内に学問所を開設して多くの学者を育て上げられました。その中のお一人が作家の谷崎潤一郎さんであり、大谷大学教授の白土わか先生でした。ところが晩年、自ら心臓を病まれて長期にわたって入院生活を余儀なくされたのです。それに伴って天台学問所も自然と閉鎖せざるを得なかったようです。小島先生は山口ご門主が退院されると同時に曼殊院に駆け付け、少人数ならばご病気の負担にならないということで、二人で細々と研究会を続けておられたのです。

しかし、ご門主の願いはその学問所の復興にあったようです。そこへ、私たちが訪れたものですから大変に喜んで下さいました。しかし私たちは単なる学部生で、しかも初学者です。その者たちでもご門主は大変にこやかに、そして温かく迎えて下さいました。紛争中の大学と違いこのような静かで少人数の環境の中で学問出来ることを有り難く思ったものです。ところで、ここで山口光圓先生の呼び方に統一性の無いことを了承頂きたいと思います。私は多くの場合「ご門主さま」と呼んでおりました。これは曼殊院の内部の方々の呼び方でした。ところが講義になりますと「山口先生」とお呼びしました。しかし私には「ご門主」と呼ぶ方が親しみが感じられますので、両方の呼び方をさせて頂きたいと思います。

さて、最初は小島先生と山口ご門主との写本読み合わせを横で聞かせて頂くだけでした。『見聞』は私たちにとってはとてもむつかしく、「横で聞いていればいい」とおっしゃって下さっても口伝法門の速記録ですから学生レベルではとても理解が届きません。それでもとにかくその場に参加させて頂く喜びを噛みしめながら週に一度読み合わせ会を拝聴していたのです。

ほどなくしてのことです。学園紛争が増々激しさを増してきました。加えて小島先生が短期大学部の学部長に就任されたのです。いわば学園紛争のまっ只中に身を置くことになったのです。大学では夜遅くまで大衆団交が続きました。部長の先生たちは演壇に上がらせられ全共闘から厳しい追及が行われます。それで、ついに『根本法華経見聞』の勉強会の継続は出来なくなったのです。また私の友人はサンスクリットの研究に没頭したいということで曼殊院には来なくなりました。山口ご門主の所へ行くのは私一人になったのです。

「週一遍いらっしゃい」――師一人、弟子一人

小島先生に頼まれて『見聞』の校正本を持参してご門主の所へ一人で寄せて頂いた時、山口光圓先生は病気上がりのお身体でしたが、

「一人でじっと座っているのも退屈だから。あなたが勉強したいというのならば天台教義の入門書の『天台四教儀』でも講義してあげましょうか」

と、信じられないようなありがたいお言葉を頂きました。

「先生、私一人に授業して下さるのですか」

「ああ、いいよ」

「週一遍、いらっしゃい」

ということで一対一の授業が始まったのです。ところが大学は相変わらず封鎖されていますので授業がありません。図書館にも行くことが出来ません。ところがご門主さまの隣の部屋には仏教関係の本が埋高く積まれています。図書館に行くよりも手近に専門書を手に取ることが出来ます。そこで講義の始まる前より早くに曼殊院に寄せて頂き、ご門主の隣の部屋で書物を見せて頂く様にしました。昔の和本が多かったものですから、私にはど

の本がどこにあるかわかりません。苦労して探していると、隣の部屋からご門主が、

「何を探しているのかね」

と尋ねて下さるのです。

「これこれの書物を探しているのですが」

と申しますと、即座に、

「その本は何列目の何段目にあるよ」

と答えて下さるのです。しかも指摘された場所にその本があるのです。これには驚きました。書物の位置を総て覚えておられたのです。このように講義前に寄せて頂くことが増えてきますと、

「週に一度じゃなくとも来れる時に来ればいいよ」

と言って頂きまして、お言葉に甘えて曼殊院に寄せて頂くのが週に二、三回と増えていきました。そんなある時、

「なかなか熱心だね」

と言うことで、

「大学へ行ってもバリケード封鎖されているなら、毎日来てもいいよ」

とまで声をかけて頂いたのです。嬉しかったですね。山口先生の〝生《なま》〟の授業を私一人で毎日、受ける——こんな贅沢があるのかなと思いました。

それは楽しい日々でした。先生に直接教えを請うことが楽しかったのです。ところが、今思えば申し訳ないことですが、私は先生のご講義を拝聴するだけで、正直言って天台教学の内容はほとんど解りませんでした。その頃の私には質問など出来る力量はありません。何を尋ねても答えて下さる先生が目の前におられながら、質問すら出来ないのです。それでも先生は何時間も静かな口調で話し続けて下さいました。

「いやいや、何の予習もせずに申し訳ないね……」

それが口癖でした。それを聞くたびに恐れ入ったものです。

夜学——「お水を持って来て下さい」

昭和四十四年の後期のことです。その頃、私は京都駅の近くの下宿に住んでおりましたので、毎朝九時になると五番のバスに乗って一乗寺に向かいます。そのバス停から歩いて二十分程度で曼殊院に着きます。ほぼ一時間余りかかります。——やっと曼殊院に着いて

『山《さん》家《け》相承《そうじょう》経《きょう》』 編著者、山口光圓。昭和四十五年十月二十日発行。天台学問所。『見聞』と同じく、ロイとして伝承されていたものを、忠尋の時代に筆記、曼殊院蔵本として伝来。それを山口光圓が書写したもの。「法華経」の教えを解く。

ご門主さまにご挨拶すると授業が始まります。来客のない時は昼頃まで続きました。そしてお昼ご飯。

先生の身の回りのお世話は大西さんというお婆さんがなされておりました。大西さんには娘さんや息子さんたちがおられ、ご家族で先生をお護りされている風でした。食事も大西さんが色々なものをみつくろって作って下さっていました。大西さん一家は、曼殊院に観光客が来ると、その案内もされていました。そんなある秋の日のことです。

「淺田くん、日曜日は多くの観光客で忙しいから、あんたも皆さんの案内役に付きなさい」

　とご門主に言われたことがあります。

「僕なんか、とても出来ませんよ」

　と応えますと、

「いやいや、そんなむつかしく考えなくてよろしい。案内内容を覚えればいいことだから」

ということで、言われるままに私も案内役に立ちました。これがまた楽しかったですね。秋の紅葉の頃になると曼殊院は拝観客で満杯になります。十人ほどを一グループに分けて、それぞれ案内役が付いて説明して回ります。当然ながら仏教教義的な内容も説明します。

　曼殊院のお庭には灯籠が五基あって、一つの灯籠に二個や三個の灯明が点《とも》るものですから、総てで八個の灯明が点るのです。これを「五基八灯」と説明し、天台密教の曼荼羅にその教義的根拠があると解説するのです。

　ある時ご門主に、

「本当によく考えられた庭園ですね」

　と申し上げたことがあります。そうすると、

「庭の説明書なんてどこにも残ってないんだよ、だからね、私が勝手に教義的にこれを配

当しただけだよ」

と応えられたことがありました。その時、少し茶目っ気をも持ち合わせておられたご門主の一面を見た思いでした。

その頃、私はこのように日曜日も曼殊院に通っておりました。午前中、観光客を案内し、お昼ご飯を頂いて、また午後も案内をして五時頃に終わります。そうすると今度は晩ご飯までも頂くのです。それだけで十分ですのに、

「今日はご苦労さんだったね」

と言ってアルバイト料まで頂きました。いくら頂いたかはよく覚えておりませんが恐縮至極でした。

さて、その夕食の時です。先生と向かい合ってお膳を並べて頂戴するのですが、先生が大西さんに、

「ちょっと、水を持って来なさい」

とおっしゃるのです。

「水ならば私が取ってきます」

と言いますと、先生はニッコとされて、

「イヤイヤ、普通の水じゃないんだ」

と言われるのです。運ばれて来たのを見ますとお酒です。

「私たち酒好きな者にとってはね、水と言えばお酒なんだよ」

とおっしゃって、コップに入った燗酒《かんざけ》を美味しそうにお飲みになられるのです。先生は本当にお酒がお好きでした。しばらくしますとお顔が少し赤くなります。七時頃食事が終わりますと、それから勉強です。顔を赤められて、

「ぼつぼつ始めますかな」

とおっしゃり、

「夜学ですな」

と言って、いつもと同じようにご講義をして下さいます。ほろ酔い加減のご講義は通常よりも声も大きく大変流暢でした。ただ「すごいな」と感心しきりで楽しく聞かせて頂いたものです。

お酔いになっていると言っても、授業内容はしっかりしたものでした。『天台四教儀』という書物は天台学の入門書です。薄い、短い本です。ところが「一書よく万巻に値す」と言われますように、様々な内容に展開していきます。大変に奥深い書物です。それを先

生は、叡山学院を初め、西部大学（今日の西山短大）などで幾度となく講義されてこられました。とはいえ、その書を二十三歳の若造一人を相手にして、夜遅く、初心に帰ったように、ご熱心にご講義下さるのです。その時、先生は確か七十七、八歳だったと思います。

大変にお疲れであったろうと思いますが、少しの愚痴も申されず講義下さいました。本当に学問に生きられた先生という印象を抱きました。私にとって印象深いのはあの長い髭を撫でながらのご講義です。酔えば髭を撫でられる回数が極端に増えるのです。夜学が終わるのが夜九時頃でした。真っ暗な道を満足しながら歩いて帰ったのを覚えております。

明くる日、また十時頃には曼殊院に参ります。そうするとお付きの大西さんから、

「ご門主の酔っ払いの講義を、さぞ納得したように頷きながら聴いているとは何ということですか！」

と叱られたのには困ったものでした。

若かったからでしょうか、私は疲れることがありませんでした。あの時代は本当にいい時代でした。そして私は素晴らしい先生にお出会いさせて頂いたと感謝しております。

五山の送り火――「妙・法」を説く

先生の講義内容は様々に展開します。特に初学者の私に合わせて「雑談」を織り込んで仏教入門を話して下さるのです。例えば、大文字の送り火の日に曼殊院に寄せて頂いた時のことです。

「八月十六日の五山の送り火は、本来民間信仰だけれど、それが仏教に取り込まれたのだね。特に禅宗と日蓮宗にだね。右・左の大の字は禅宗系で、『妙・法』は日蓮宗系。この両宗では八月十六日にご先祖が死後の世界に帰って行かれるとされているんだよ。『大』とは人形（ひとがた）でしょう。だから民俗信仰ということになるし、船に乗って帰って行かれるので『舟形』――これも同じ信仰から来たものでしょう。日蓮宗の『妙・法』はね、要するに『妙法蓮華経』の『妙・法』だよ。一番西にある『鳥居』はどうだと思う？　これは神社の鳥居のように思えるけど『鳥居』は本来仏教のものなんだよ。結界を表わすんだ。ここから手前は迷いの世界、ここから向こうは仏様の世界という風に。だから四天王寺の西門に大きな石の鳥居があるでしょ。あるいは高野山へ行ってごらん。総てのお墓の前に鳥居が建っているよ」

というようにです。「雑談」と言いますが決して脱線したお話でも「単なる雑談」でもないのです。大変わかりやすく初心者に対しても納得させる解き方をして下さるので、私は食い入るように聞かせて頂きました。右の話でも仏教に取り入れられた庶民の信仰として「五山の送り火」の行事がなされているのは、とりもなおさず仏教の一つの伝播の形と言えましょう。仏教の基礎知識を現在の暮らしの中で教えて下さっているという感じがしました。

先生は何でも知っておられる。参考書や参考文献などは必要ない。知識は全部先生の頭の中にある。当時、私はそのように感じていました。若い私は先生に魅了されていました。しかし『天台四教儀』を一年かけてご講義頂いている間に、学園紛争も少し落ち着いて来て大学でも授業が行われるようになりました。それと同時に私も学部の卒論を書かねばならない時期が迫って来ました。その上、大学院修士課程に進むための勉強もしなくてはなりません。ですから曼殊院に毎日通うことが出来なくなって来ました。それで最初の約束の「週に一度」ご講義を頂くことに戻ったのです。『天台四教儀』に続く講義は「観音経」の注釈書の『観音玄義』でした。これからはもう入門書ではありません。いよいよ本格的に天台学を学ぶ時期に入りました。

星月菩提樹――祖父の如く

　ご門主と私の関係はあくまでも師匠と弟子ですから、あまりご門主の私生活、特にご家族のお話などを聞くことはありませんでした。ご門主の方からもご家族のお話はなされませんでしたし、お孫さんやお子さまたちが曼殊院に遊びに来られて、出会わせてもらったということもありませんでした。しかし逆に私の方は、ご門主に随分と甘えていました。学問上の先生というのと同時に実の「おじいさん」という親しみすら抱いておりました。随分とかわいがって頂きました。ご門主はいつ寄せて頂いても自分の六畳間の小さな書斎で、小さな文机の前に座ったままの姿でした。そこで書物を読み、講義をし、来客と会い、食事をとっておられたのです。ですからほとんど歩かれた姿を見たことがありません。ところが曼殊院を訪ねた或る日のことです。どうしても青蓮院に行かなければならないご用事が出来たとのことで、道服姿（僧侶姿）になっておられ、

「いまからタクシーで青蓮院に行くから、浅田さん付いて来て下さい」

　と言われて、ご一緒したことがあります。その折、立たれた姿を初めて見ましたが、腰がひどく曲がっておられ、玄関まで歩くのも大変でした。杖を突いて、しかも手を引きな

がらの歩行です。それでも自分のことより、私のことを心配して下さって、

「あなたは数珠は持って来ていますか」

と尋ねて下さいました。

「いえ」

と申し上げると、

「数珠を持たずにお寺に行く訳にはいかないね」

と、「星月《せいげつ》菩《ぼ》提樹《だいじゅ》」の数珠を用意するように手配下さいました。その数珠は、今も大切に持っております。その時、師と祖父が重なった気がしました。私にとって「山口光圓師は、先生であると同時に、優しいおじいさん」という印象でした。


しかし大学院に進んで、修士課程の一年、二年にもなりますと、大学が忙しくなり、だんだんと曼殊院へ通う日が少なくなってしまいました。そのような中、昭和四十七年六月十六日にご門主はご往生されたのです。私はご門主が亡くなられたことを京都新聞の夕刊で知りました。写真入りの訃報が載ったのです。驚いて曼殊院へ駆け付けました。密葬・本葬ともにお手伝いさせて頂きました。その葬儀の準備の席で初めてご法嗣の圓道師やご家族の皆さんとお会いさせて頂きました。

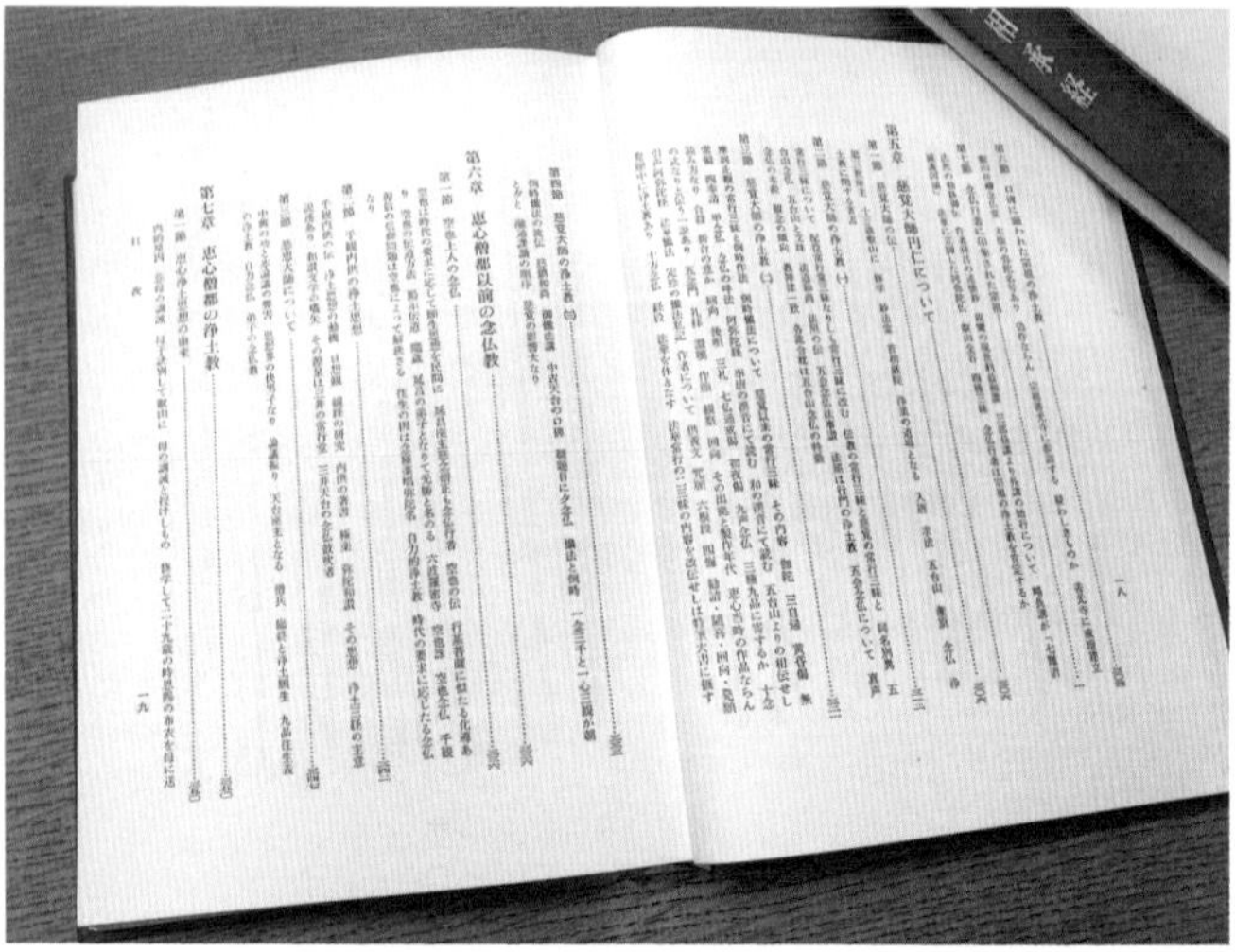

『天台浄土教史』　山口光圓著。昭和四十二年八月発行。法蔵館。第二篇「日本天台浄土教史」第六章第三節に、空也、千観と並んで、念仏者良源を説く「慈恵大師について」の論考がある。

思えば、最後にお目にかからせて頂いた時、部屋に掛けてあった自分の一行物を見て、

「あの絵を描いたのは誰かな。変な絵だね」

とおっしゃったのです。私は「あれっ……」と感じました。今までそのような態度を見せられたことがなかったからです。なるほどご門主の揮毫《きごう》は独特な書法でまさに絵の様でした。しかし自分の字ですから冗談でも言っておられるのかとさえ思ったほどでした。

しかし、一旦私の方を向かれ

ると意識もしっかりとされ「自分の一番心配していることは、今まで収集してきた書籍類にある。永年かけて集めたこれらの図書が、私の死後、古本屋に売られたりして散逸することを一番に恐れる」とも語られました。今思えばこれが最後の言葉であったように思います。しかし私にはどうすることも出来ないことでした。訃報に接したのはそれから間もなくのことでした。

精肉店は牛肉屋さん——その道一筋

私にとって山口光圓師は寂しい人、孤高の人、孤独の人などというイメージは全くありません。明るく楽しい先生でした。特に授業がそうでした。講義が雑談となり、それが冗談に発展しと——とにかく仏教にまつわる話が様々に膨れあがっていくのです。

こんな話をして下さったことがあります。「六波羅蜜」の解説で「精進」という語についてご講義下さった時のことです。

「淺田くん『精進』の『精』に、どのような意味があるか知っていますか?」

「いいえ」

「肉屋の看板に〝精肉〟と書いてあるだろう。それは知っていますか？」

「もちろんそれは知っています。精米店にも精とありますが……」

「精米店は米を精製する所。精肉店では肉を精製しないよね」

「それじゃ精肉の精とは？」

「『精』には一つだけという意味があるんだよ。『これ一つ』です。「肉」ほど様々に種類の多いものはないね。豚肉も鶏肉も猪肉も鹿肉もあるだろう。熊肉や赤犬の肉なども美味いらしいな。ところが「精肉」という看板を掲げている店は『牛肉これ一つしか販売しない』という意味なんだよ」

「そうすれば本来、精肉屋では豚肉などは売らないということになりますね。しかし近頃は精肉屋で鶏肉などを売っていますよ」

「そうか。それは本来の精肉の意味を知らない店だろうね」

「ところで本題の『精進』だけど、仏教には様々な修行方法が伝わっていることは、君も知っているだろう。禅も念仏も題目もというように色々あるけど、多くの修行を何もかも総て修すれば良いというものじゃない。自分に合った修行、これ一つを選んで修行しなさいというのが「精」という意味なんだよ。要するに禅ならば禅一筋、念仏ならば念仏一筋、題目も同じ事だな。これ一つの修行を選んで、しかも一歩一歩不断に進んでゆく、これが『進』だよ」

「ご門主、精肉の「精」が精進の「精」ならば、精進料理というのは肉を食べてもよろしいのでしょうか?」

「何もかも一緒にしてしまうと駄目だよ。精進料理という言葉は新しく出来た用語でね。日本に牛肉を食べる習慣が起こってからの言葉だから、明治の初年頃に作られた新造語だよ! そのようなのに誤魔化されては駄目だねえ」

「はい。わかりました」

差し詰めこのような会話だったように思います。今考えますと僕も結構生意気なことを平気で言ってましたね。しかしご門主との問答は本当に楽しいんです。何を尋ねても即座に答えて下さるのですから。楽しんで楽しんで私の大学三回生の「一年」が終わりました。この一年間で私の仏教学の基礎が出来たように思います。これは「山口光圓ご門主」との〝出会い〟があったからのことだと感謝申し上げています。

そう言えばご門主に少し、もの寂しい面を感じたことがありました。「自分はあまり肉親に恵まれていない」というようなことを漏らされたことがありました。生家が坂本にある山口家であったとか、四男坊であったとかは知りませんでした。八歳で金剛輪寺の濱中光暢師の許で得度をされたことは聞いておりましたが、あまり個人的なことはお話されませんでした。

不浄観――山口光圓師と谷崎潤一郎氏

ご門主との雑談の中で深く印象に残っているのは、谷崎潤一郎氏の『少将滋幹の母』に描かれる「不浄観」です。谷崎氏はご門主の講義を実に丁寧に聞いたと思われますし、実際ご門主からその当時の受講の様子を聞かせて頂いたこともあります。あの小説に描かれる「不浄観」は、ご門主が語られたことが根拠だと感じます。一般には檀林皇后の「九相《くそう》図《ず》」が有名ですが、あれだけではありませんからね。「不浄観」は恵心僧都源信の『往生要集』にも詳しく説かれていますし、仏教本来の観法です。もちろん小説ですから、谷崎氏の想いが入っているでしょうが、『少将滋幹の母』で「山口光圓師の不浄観」が見事に描かれていると感じます。

元三大師――禅定力

　元三大師良源さんのことですか。元三大師のお母さんの話は聞いたことはありませんが、大変貴重な元三大師像が曼殊院にあります。確か重要文化財に指定されていたと思いますが、その像を所蔵しているというので、良源さんに関しては色々な話を聞かせて頂きました。特に「角大師」については禅定・三昧の解説のところで語って頂きました。

　ある時、良源師が鏡の前で座禅を組まれたのです。そして三昧境に入るやいなや、良源さんの鏡の姿が、人間から「角大師」の姿に変わったのです。京都市内などの玄関に張ってある鬼の様なあの姿ですよ。禅定の境地に到って、初めて「自分の本性」が姿となって現われてきたのです。その「本性」が「角大師」であったと言う訳ですね。これはすごい精神統一の成果と言える訳です。ですから元三大師は大変禅定力の豊かな人だったようです。「鏡に映った本性の〝私〟」それが「角大師」ですからね。

　もう少し長く先生からご講義頂いておれば、元三大師のお母さまの話も聞けたかもしれませんが、晩年のたった四年間のお付き合いでしたから。しかし、僕の人生の中で本当に濃い四年間でした。中でも二十三歳から二十四歳の一年間は、特に貴重で深い時間でした。

奇しき因縁――曽孫が仏教実践者としての脳外科医

ご門主がご往生なされた後も、深い因縁で繋がれていると感じた出来事がありました。もう二十年近く前のことになります。龍谷大学の三回生の私のゼミに山口陽二君という学生が入ってきました。山口姓は多くありますのでまさか光圓先生の関係の学生とは思いもよりませんでした。自己紹介時に聞いてみると山口光圓先生の曽孫だったのです。圓道師のご長男のご子息だと言うのです。「山口光圓は私の大祖父です」と自己紹介したものですから私は大いに驚きました。

もちろん天台宗の僧侶であって、その後、龍大で天台学を学び、修士号まで取得したのです。大学院の頃は曼殊院から龍大まで通っていました。私は学部二年、修士二年と合わせて四年間彼を指導しました。私が光圓先生から指導頂いたのと同じ期間でした。二十七、八歳で修士課程を終えましたので、私は彼に博士課程に進むように勧めたのです。ところが、お父さまが脳外科医をされていて、ちょうど独立して病院を構えられた頃でしたので、どうしてもお父さまの跡を継がなくてはならないということになり、修士課程を終えてから鹿児島にある医科大学の一年生に入り直したのです。よく頑張ったと思います。医科大学は六年間ですから長く感じましたが、今では立派にお父さまの跡を継いで兵庫の方で脳外科医を勤めて開業医として活躍しています。彼が迷っている時、私は彼に、

「仏教を勉強して医者になるということは、大変意義のあることだよ！」

と言いました。仏教思想を心に抱いて医者として実践することは実に尊い事です。陽二君は素晴らしい実践の道を歩んだと思います。仏教者から医者へと変身・転身したのではなく、両方ともに「同じ一つ道」として歩まねばならないことを伝えました。彼は仏教の実践として医学の道を選ぶと宣言してくれました。彼も十分に理解してくれていたのです。

数ある職業のうち医者という一つを選んで一歩一歩不断に進んでいくことこそが光圓先生から伝えられた「精進」の道です。山口光圓先生の曽孫の陽二君が、「大祖父さんの『精進』の精神」を受け継いで立派な医者となることを望んでやみません。

「山口光圓」は、今も〝ここ〟に生きているのです。

＊この一文は、龍谷大学の名誉教授で、堺市の因縁寺のご住職でもある淺田正博氏（法名・淺田恵真師）のインタビューを原稿化し、その原稿に大幅に加筆して頂いたものである。

解説④

尊勝院――元三大師十八か所霊場・第五番

叡山の高僧・元三大師の里坊（宿坊）は、河原町広小路の廬山寺であるが、元三大師を祀る寺として、洛中では、この尊勝院を上げぬ訳にはゆかない。

尊勝院は明治維新までは、三条白川橋南一帯に広大な敷地を持ち、元三大師良源を祀る本堂、地蔵堂、弁天堂、多賀社、梅宮社、そして青蓮院の境内塔頭・金蔵寺が廃されると、金蔵寺に祀られていた「庚申（三猿）」を引き受け「粟田の庚申堂」として、八坂金剛寺の庚申堂・山の内の庚申堂とともに、京の三大庚申堂の一つとして庶民の信仰を大いに集め、繁栄して来た寺である。

一方で皇室と縁《ゆかり》深い、天台密教の寺院・青蓮院の院家《いんけ》筆頭として、皇室・貴族の厚い庇護を受け、また豊臣秀吉の帰依により、当時の本堂が再建されるなど、尊勝院と言えば、京の人々の長いながい信仰の歴史を経てきた大寺であった。

尊勝院本堂。たくさんの神仏が坐すが、主役は、中央御厨子に入った秘仏「元三大師」。

しかし今は寂しい。青蓮院の塔頭として、粟田山の中腹にささやかに佇む。ただ本堂は、豊臣秀吉再建のものがそのまま生き残り、中央に元三大師、向かって左に「三猿（庚申）」堂、向かって右に元金蔵寺の本尊の米（ヨネ）地蔵を祀っている。その他、不動明王・千手観音・毘沙門天・如意輪観音・走り大黒天尊、愛染明王等が、ぎっしりと肩寄せ合って仲睦まじくいらっしゃる。

尊勝院に参るには、まず青蓮院を目指す。そこからほんの少し北へ、そして一本目の東西に走る道を東へ、

尊勝院内陣。たくさんの神仏とともに中央御厨子に元三大師はいらっしゃる。
その大きな御厨子の前面に六角形の「元三大師おみくじ」箱。この箱も尊い。

そして今度は南へ――そこは坂道。そしてその坂道の入口に、大きな文字で刻された「元三大師」の石の道標。時代は？　「文化二乙丑《きのとうし》年建之」と、「元三大師」の文字の横に刻されている。その坂道を仰ぎ見ると、突き当たりに料亭「粟田山荘」の入り口が見える。そこを目指して上る。その突き当たりを今度も東へ（左手へ）曲がると、坂が少しきつくなる。そこを道なりに進む、また南へ（右手へ）――どんどん坂の傾斜は鋭くなる。そこを登り切ると左手に門があり、北面して尊勝院本堂がある。人気《ひとけ》がない。ここをお守りしていらっしゃる上野妙連師が不在であると本堂の扉は閉じられている。上野師は青蓮院の僧侶であるので、まずは青蓮院の御用をし、それが済んだら、こちらに登っていらっしゃる。

本堂の扉が開かれると、先述の〝仏さまぎっしり〟の光景に出会える。靴を脱いで、開扉はないが、元三大師像の御厨子の前に座り、拝むことが出来る。小机の上に元三大師の「おみくじ」。百円をお賽銭箱に入れて、引かせて頂く。漆塗りの六角形の筒から竹の棒を出す。九十二番。左手に籤箪笥がある。自分で中からおみくじの札を取ってもいいらしい。その日は、上野師がいらっしゃったので、九十二番を出して頂いた。「吉」であった。

元三大師の「おみくじ」は、江戸時代大流行し、様々な形でその文言は表現されたらしいが、基本の形は変わっていない。元三大師が観音信仰を大切にしたので、多くはそのおみくじの名、「観音の籤《くじ》」、「観音籤《かんのんせん》」という。一番の「大吉」から百番の「凶」まで百首ある。これも全国共通。廬山寺さんで引いた時は、「第八十六番　大吉」であったが、「あまりに良すぎると位負けする恐れあり」、と注意書きにあったので、尊勝院さんでの「第九十二番　吉」は、身分相応、頃度いい。

頂度いい――この小さな空間、ささやかな空間は、「物事」を考えるのに頂度いい。元

尊勝院は、青蓮院の裏の山の手にある。登り口の目印（道標）。突き当たりの粟田山荘（料理旅館）を左に曲がると……。尊勝院に到る。

三大師に見守られているのか、気分がゆったりする。そこに上野師の因縁話。何だか私たちは、元三大師良源さんの掌の中にいるような。上野師と〝私〟の距離が縮まる。

上野師は、「遅い出家でした」とおっしゃる。得度して最初に小僧として入ったところが横川の元三大師堂であった。それで、千野の安養院の元三大師の母・月子姫の御命日の前日の法要にもご奉仕したことがあり、また、木槿《むくげ》地蔵《じぞう》で知られる同じ天台宗の羽休山飛行院西林寺（上京区）の御住職に誘われて、青蓮院に勤仕してからも安養院にお参りしている。

「何か御縁があるのでしょうね」

総て偶然なのだが、横川の元三大師の寺に入り、次に入ったのが、こちらも元三大師縁の寺（青蓮院）であった。そしてそこでのお勤めの一つとして「元三大師を祀る『尊勝院』を守る」というお役目を預かった。

「元三大師の御開扉はいつですか」

「ないのです。ただ、特別拝観とかで、是非にと言われて公開したことはあります」

当分元三大師の御尊像と対面することは叶わないようである。

それでいいのだ。「あの扉の向こうに大師が坐す」それだけで十分なのだ。

上野師より「尊勝院由緒記」を頂く。そこに奇妙なことが書かれていた。京では有名な祇園さんの「おけら火」――大晦日に頂いて、元旦の雑煮を炊く〝火種〟とするあの〝浄火〟――「おけら火」は元三大師から出ているというのだ。

尊勝院の元々の場所は、比叡山般若谷であった。その御本尊が今ここに坐す大師自刻の

「御等身の御木像」で、尊勝院の「尊勝」という名は般若谷にあった頃、この御木像があまりに霊験あらたかであったので、鳥羽法皇から「尊勝」という号を賜ったことに発するという。ところが正和《しょうわ》年間（一三一二〜一三一七）、その霊験あらたかなる故をもって、当時の尊勝院住職・玄智僧正は「尊像」を奉持して叡山から「洛東粟田口」に下りられた。山を下りたのはいいものの、「尊像」を祀る場所がない。玄智さんという人は相当の慌て者なのだろうか。祀る場所を確保せず、御本尊だけを抱いて山を下りるとは――それとも何かよほど急いで「粟田口」に大師を降《ふ》らせねばならない理由があったのだろうか。

とにかく、大きな御本尊を抱いたまま、玄智さんは困ったのだろう。当時、別当職をしていた祇園社に「一時祀らせて頂きたい」と申し出て大師像を「祇園社に合祀」したという。そしてその年の元旦、大師の祠の前で「護摩供」が奉仕され、その火は信徒に配られた。これが祇園さんの「おけら火」の始まりという。「本当かな……」――疑ってはいけない。

元三大師という人は「角大師」「豆大師」の護符を生んだ不思議の人である。「おけら火」も大師から起こったということはあり得ることだ。

不思議はまだある。奇妙はまだある。鞍馬寺の伝承に、鞍馬寺の御本尊「魔王尊（尊天さん）」は、実は元三大師が「角大師」に変身した時の御姿で、つまり魔王尊は元三大師である、というものがある。これも「一説に」ということで信じてもいい。

元三大師は叡山中興の祖であることは間違いない。その人が持つ、あまりに多い民間伝承。いや高僧故、その伝承は生まれた。そして伝承は真実を超える。

尊勝院の境内に立ち、洛中を眼下に見下ろすと、元三大師という人がよく見える。その御姿観音か悪魔か。

上野師より「角大師」の護符を授与して頂き、粟田山を下りる。後ろから元三大師が付いて来ていらっしゃるような……奇妙な気配に陥る。

解説⑤

追記——清原恵光師に聞く

二〇一九年（令和元年）七月二十七日、叡山の住僧・清原恵光師訪問。師は、今、元三大師慈恵良源大僧正入寂の寺・延暦寺一山弘法寺《ぐぼうじ》の住職である。弘法寺の御本尊はもちろん元三大師である。

遡ること六十三年前、清原師は横川中堂の輪番を勤めており、横川の元三大師堂にも関係していた。

叡山三塔分治の明治初年まで、弘法寺には横川の寺務所が置かれていた。その責任者である別当代が執務常住していたので、弘法寺は俗に「別当代」と称され、高い格式を保っていた。

今はささやかに、御本尊・元三大師絵像を守りつつ、元三大師の偉業を伝えている。

清原師は現在八十六歳であるので、横川に入った昭和二十年代は十代の頃であろう（住職になったのは昭和三十一年、二十三歳の時）。

その頃の元三大師堂と千野安養院の信仰、大師の母・月子姫（妙見禅尼）の話を語って頂いた。

元三大師堂と千野の集落は、直線距離では最も近いんです。山の上と山の下。昔は元三大師堂の近くから千野の里が見えたかもしれません。しかし、直線距離では近くても、元三大師堂から安養院に歩いてゆくと、一時間近くはかかりました。

元三大師のお母さま・月子姫の供養の日は、丁度、お盆ですね。そうですか、今は「夏祭り」と通称されているのですか。そして「夏祭り」は七月六日に行われる。月子姫の亡くなった日とされる七月七日、七夕の前日にね。

私の記憶では、確か八月十六日と。それはそれは盛んなお祭でした。横川の住職十人ほどが坂本の里坊から谷を越えて参加します。先頭の者は大師の母・妙見禅尼（月子姫）供養の卒塔婆を持ちます。元三大師堂の執事（輪番）が、元三大師の御影《みえい》（御軸）を納めた長い四角い箱を背にして山を降ります。

千野の方から世話方が当執事を迎えに来て山道を先導します。道は「千野道」を降りてゆきます。以前は深光寺《じんこうじ》という天台真盛宗《しんぜいしゅう》の寺に集合して、ここから御詠歌衆を先頭に大師の御軸を奉持した当執事、横川の住職達が行列して安養院に入り、妙見禅尼の御像の前に大師の御軸を奉安して、報恩回向の法要を勤めます。

その頃の安養院は小さな寺で、とても大勢の人を迎え入れることが出来なかったので、深光寺を本処地にして安養院に向かいました。法要が終わってからの会食も深光寺でした。

八月十六日のお祭は、お盆でご先祖をお祀りする趣旨でもあり、里の人たちにとっても、大事な行事だったと思います。

ただ、安養院の「寺伝」や谷崎の『乳野物語』では、この尊い行事——元三大師がお母さまの供養をする——「夏祭り」はずっと続いていたように書かれていますね。私は、大戦前後は途絶えていたのではないかと思うのです。

そうそう思い出しました……。戦後、延暦寺と千野の地区と山林の境界について紛争があったのですが、それが円満に解決し、それで千野の里のみなさんが喜んで、そのことを祝って、「元三大師さんの行事を盛大にやろう」ということになったのです。

それが「夏祭り」の復活だと思います。もちろん妙見禅尼の法要は細々と続いていたのかも知れませんが、私が知っているその当時の賑やかな行事は、土地が戻って来たお祝いの行事でもあったと思いますね。昭和二十六年のことです。丁度、谷崎が『乳野物語』を書いていた頃でしょうか。

近年は行列もなくなりましたが、安養院での法事は厳粛に続けられているようです。

清原師は淡々と、安養院の最も大切な行事「御母公報恩回向法要」即ち「夏祭り」について語って下さった。

元三大師堂よりもたらされた「元三大師画像」（軸装） 法要の折、本尊の坐す御厨子の傍らに掛けられる。中央に元三大師、二人の弟子を従える。向かって右は覚運、左は恵心僧都源信。

一時間余りの山道の登り降りも、昔はみな歩いたものです。今はその道、おそらく「けもの道」になっているでしょうね。山仕事の人や郵便配達の人も昔はみな通ったんですけどね。

昔は樹々もそんなに生い茂っていませんでしたから、横川大師堂の近くで火を焚けば千野の里からその火はきっと見えたのでしょう。

千野安養院と横川元三大師堂は、直線距離では一番近い――それで元三大師は、母の安否を気遣って大師堂の眼下の里・千野に、母の庵・安養院妙見堂を建てたのであろう。

追記の追記

横川の元三大師堂と仰木《おおぎ》は頻繁に往来していた。仰木には今も「元三大師道」という道標が残る。清原師は仰木は横川の「兵站《へいたん》基地です」と言う。そして千野は仰木の出村即ち分村であったため、仰木の祭には「七度半《しったはん》の使い」という重要な御役を千野の里の人々は担ってきた。

弘法寺《ぐほうじ》　清原恵光師の守る本尊「元三大師良源大僧正」の絵像は、とてもやさしい“お顔”をしている。おそらく古い作例を元としていると思われる。左脇壇に祀られる役行者と泰澄和尚は、叡山と修験道の深い関係を物語っている。

橘の霊木　良源の入寂のその日、紫雲がこの橘の樹に懸かったという。奇瑞の黄金の樹。

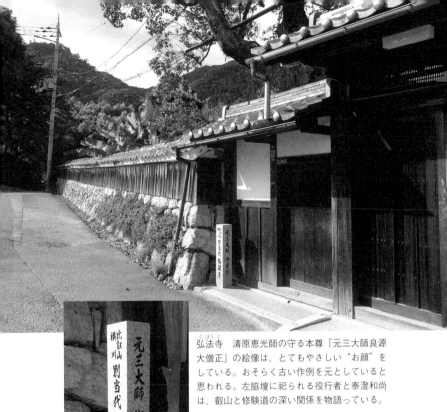

編集後記

谷崎潤一郎のこの『乳野物語――元三大師の母』は、もうほとんど読まれることがない。

かつて谷崎の意志で常に『少将滋幹の母』と対《つい》で組まれて出版されていた『乳野物語』だが、谷崎の死後、全集以外は、ほぼ〝対〟は外され、『少将滋幹の母』のみが世に出て行った。

その『少将滋幹の母』も、現在は単行本はない。全集以外では、文庫本のみが細々と流布している。そう、谷崎の作品の中で最も大きな位置を占めるこの歴史小説さえも、今はほとんど読まれない。近代文学史上、大きな光を放って来た『少将滋幹の母』も、今や表舞台から姿を消そうとしている。

『乳野物語』に至っては、サブタイトルの「元三大師の母」(元々はこちらがメインタイトルであった)が忘れられ、誰もその内容を想像することさえ出来ない(もっとも、読もうと思えば読めるのだが)。

『乳野物語――元三大師の母』のこの新しい出版は、「乳野《ちの》プロジェクト」の一つの仕事である。「乳野プロジェクト」とは、千野の里にある、元三大師の母・月子姫を祀る安養院妙見堂を起点に、安養院から母子信仰の〝力（パワー）〟を放ちながら、横川、おごと、坂本、仰木《おおぎ》、そして近江全体の活性化を目指そうとするものである。「まずは、千野から始めよう」ということで、この事業を現在は「乳野プロジェクト」と仮称している。

「乳野プロジェクト」は出版に留まらず、農業から現代アートまでを抱えている。言わば「何でもあり」で、その〝地〟の力を引き出そうとしている。ただ、出版即ち本を出すことは形が見える。それで、「乳野プロジェクト」出発の第一番目の仕事として、安養院のリーフレットを作成した。さらに安養院の物語である、谷崎の『乳野物語――元三大師の母』の出版を企画した。その折、〝対〟の物語である『少将滋幹の母』にも光を当てることとした。『少将滋幹の母』は、滋賀県出身の日本画家・小倉遊亀氏の美しい画を見て頂く本として既に世に問うた（令和元年〈二〇一九〉光村推古書院より刊行）。

続けて、この『乳野物語――元三大師の母』を世に問うのであるが、先に出版された『少将滋幹の母』より、この本の設計図は先に出来ていた。なるべく読みやすい本にするため、谷崎の原文を新漢字、新かな遣いとし、多くのルビを付した。さらに、ビジュアル化を目指し、オールカラーの本とすることとした。その時点で写真・図版を入れたいと思い、谷

山口家家系図　屋号「三九良《さんくろう》」は享保八年（1723）頃には名告っていたという。光圓師は、天保十三年（1842）生まれの三九良の四男。本名は「三右エ門」。

崎の文章に沿って、フィールドワークを試み、その希望をおおむね果たした。

　そしてこの本は、元三大師の母・月子姫の物語であると同時に、この物語を谷崎に書かせた山口光圓師の物語と捉え、山口光圓師の影を追った。それが、解説の①、②、③である。

　ただ心残りなのは、追記として載せた清原恵光師の語りの全体をここに現わすことが出来なかったことである。清原師は本年（令和元年／二〇一九）叡山の四年に一度の最大行事である十月一日から六日に行われる「法華大会《ほっけだいえ》」で、中日の四日に「広学堅義《こうがくりゅうぎ》」の重要な役（問《もん》者《じゃ》）を務めた。それで、お約束させて頂いた「もう一度」お会いして「お話をお聞かせ頂く」ということが出来なくなってしまった。清原師には大変申し訳ない形になってしまったが、「追記」として安養院の「夏祭り」の昔話だけを切り取らせて頂いた。

ただ清原師からは、今まであまり知られていなかった山口光圓師の出生についての貴重なお話を聞くことが出来た。

山口先生は、坂本の出身です。今は「草餅」屋さんをしていらっしゃる坂本の旧家の山口家に生まれて、出家され天台宗の僧侶となられました。私が叡山中学にいた頃の校長先生です。また、叡山学院の教授で、天台宗の教学部長も勤められた学匠です。

京極佐々木家の菩提寺・徳源院の住職から曼殊院の御門主になられ、その学問所で谷崎と会われるのです。「坂本生まれの者は比叡山の小僧には入れない」というのが叡山の決まりでしたので、先生は外に出られたのです。それが却って良かった。

山口先生は、その〝学問〟によって純粋に世に認められた方です。

家紋入りの鹿革の財布　家紋は「三つ目」紋。

清原師の「山口先生は坂本の出」という言葉がなければ、山口光圓師の出自は不明であった。その山口家を訪れると、「最近のものです」とおっしゃるが、系図が残っていて、そこに「光圓」の名が記されていた。

系図にある「三九良《さんくろう》」の屋号は文化年間からのものである。家宝として「三つ目紋」入りの鹿革の財布が残されている。三つ目紋？

何か因縁めいている。佐々木京極家の紋は四つ目紋である。佐々木家の紋の由来は、「ササキ→ササケ」となり、「ササ=酒」であるから、酒を入れる「器」を家紋としたと伝えられる。その折、「犬」を嫌って四つ目紋となったと言われる。古い字では、器は「器」と書いた。四つの四角の真ん中に「犬」がいた。

三九良を名告《なの》る山口家は、佐々木家に仕える者であったか。中世には皮や鉄を扱う武具を作る職能者であったか。

坂本に生まれ、叡山を仰ぎ見て暮らした少年は、五十六歳で京の曼殊院の門跡となる。その住居の傍らを「雲母坂《きららざか》」が通る。京都側から叡山に登る一番の近道である。その雲母坂の起点、「一乗寺下り松」を少し北へ行くとかつては「みぎ　きららみち」という道標があった。今は「雲母坂お茶所」の道標が立つ。その道標のある所に一軒の店がある。「雲母漬」穂野出《ほので》商店という「小茄子を白味噌に漬けたみそ漬」の漬物、唯《ただ》一種を商う店である。そこの主は田辺と言って、大納言鷲尾家に仕えた侍であった。鷲尾家は明治天皇の東京遷都に従って東京に行ってしまったが、田辺家は〝そこ〟に残り、「雲母漬」を商う店を現在も続けている。

山口光圓師と当時の田辺家十二代目主・田辺正直《まさなお》氏とは親しく、光圓師の「雲母坂」への思いもあって、彼は左記の一文を草している。

雲母漬の由来
霊峰比叡山は洛北一乗寺の里をへて比叡山、山王院に通ずる坂道を雲母坂又は勅使坂とも云う。
ここから山へ登る名僧達がこの難所雲母坂の和労堂に憩う人々の多くはこの茶店にて中食

し「みそ漬」を賞味しこの地特有の風味を好評して昔より「雲母漬」と名づけられた故《ゆ》えんである。

登山者が急坂をのぼる苦しさの中の楽しい味の一つとなったので、その名残りと伝統と、ともに今に至るまで好評を博している。いま雲母漬の由来を記し、風味をかねたるゆかしさを推奨する所以である。

一乗寺第五十世曼殊院門跡
大僧正　山口光圓

近江坂本で叡山を仰ぎ見て暮らした少年が、老いて、京の一乗寺・曼殊院で叡山を仰ぎ見て暮らした日々。山口光圓師にとって、叡山は恋しい地であったろう。

「少しは叡山の宣伝になるのでは」と谷崎に『乳野物語――元三大師の母』を書かせた山口光圓師の思い――これを谷崎は素直に汲み取って、『乳野物語』を書いたと思う。

山口光圓の〝母〟とはどういう人であったのであろう。山口光圓にとって叡山は、〝聖なる母〟であったと思う。

雲母漬老舗「穂野出」の雲母坂へ向かう道に面した店先の叢の中に、そう古いものではないが、「権中納言敦忠　鷲尾家　山荘跡」と刻まれた小さな石碑があった。このかわいらしい石碑が、『乳野物語』と『少将滋幹の母』を再び〝対〟にしてくれた。

（西川照子　エディシオン・アルシーヴ）

山口光圓師の生家　一歩、中に入ると見えてくる「比叡・三九良　蓬餅」の字が染めぬかれた暖簾。ささやかで清浄な店先。現当主は、山口雄三氏。

「雲母坂」の起点の四つ辻。向かいに「一乗寺下り松」がある。産土神は八大神社。

一乗寺下り松

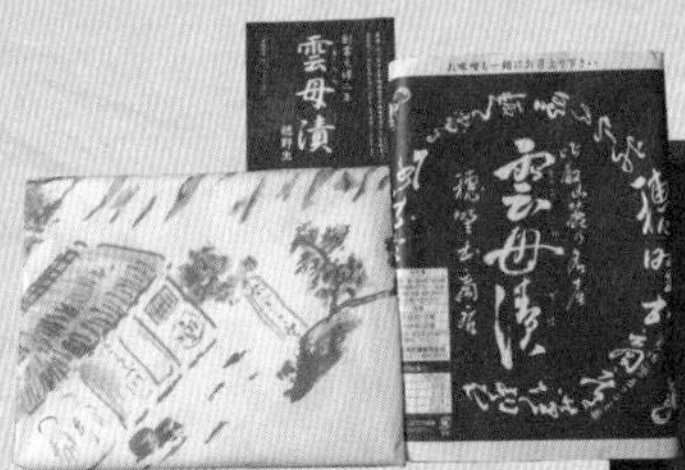

「みぎ、きららみち」 雲母漬老舗穂野出の包装紙にも描かれる「みぎ、きららみち」の道標。現在は店舗前より店内の庭に移され、田辺家によって保存されている。

修学院離宮正門

鷺森神社鳥居（裏門）

音羽川。手摺りに沿って続く雲母道。

一乗寺駅

曼殊院付近図

N
比叡山
音羽川
雲母坂道
赤山禅院
林丘寺
修学院離宮
曼殊院
鷺森神社
修学院駅
雲母漬老舗
（山荘跡石碑）
八大神社
一乗寺川
一乗寺駅
四つ辻
一乗寺下り松
叡山電鉄
出町柳駅
京阪電鉄
山荘跡

乳野物語
元三大師の母

発行日　二〇二〇年一月一日　初版第一刷
編　集　エディシオン・アルシーヴ
著　者　谷崎潤一郎
表紙画　小倉遊亀
装　幀　木野厚志
発行者　古澤秀朗
発行所　株式会社サンリード
〒五二〇-〇〇〇四　滋賀県大津市見世一-二一-一一
電話　〇七七-五二六-七七五七
印刷製本　株式会社シナノパブリッシングプレス
ISBN 978-4-914985-61-5
定価はカバーに表示しています。